小伤口

夏果果◎著

http://t.sina.com.cn/xiaguoguo516

我依然是你的湛蓝，你却不再是安

爱情版的盗梦空间

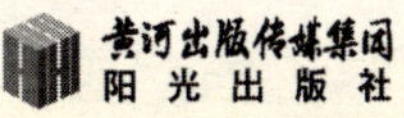

黄河出版传媒集团
阳光出版社

图书在版编目(CIP)数据

小伤口 / 夏果果著. — 银川：阳光出版社，
2011.12

ISBN 978-7-5525-0085-1

Ⅰ.①小… Ⅱ.①夏… Ⅲ.①长篇小说—中国—当代
Ⅳ.①I247.5

中国版本图书馆 CIP 数据核字（2012）第 002541 号

小伤口 夏果果 著

责任编辑 刘 涛 马 璟
封面设计 古文斌
责任印制 郭迅生

黄河出版传媒集团
阳 光 出 版 社 出版发行

地 址 银川市北京东路 139 号出版大厦(750001)
网 址 http://www.yrpubm.com
网上书店 http://www.hh-book.com
电子信箱 yangguang@yrpubm.com
邮购电话 0951-5044614
经 销 全国新华书店
印刷装订 宁夏捷诚彩色印务有限公司
印刷委托书号 (宁)0009124

开本 880mm × 1230mm 1/32
印张 8
字数 200 千
版次 2012 年 2 月第 1 版
印次 2012 年 2 月第 1 次印刷
书号 ISBN 978-7-5525-0085-1/I·217

定价 26.00 元

夏果果博客

湛蓝| 搜索

石湛蓝
苏夏
桑小楼
……

目录

人物介绍

石湛蓝 | 蓝竹妡 | 苏　夏 | 桑小楼 | ……… | ………

真实人物

石湛蓝，女，文中的女主角，27岁，患有臆想症。以为自己是一名作家，常常幻想自己被一名叫蓝竹妡的女子陷害，被一名叫布衣的男子暗恋，伴有轻微自虐行为。

展开 | 收藏

臆想中的人物

蓝竹妡，年轻的时候，她叫蓝小妡。深爱名叫石骅阗的男人，却因爱生恨，发誓要报仇到底，把自己的女儿石湛蓝作为报仇的棋子。五十岁那年因精神问题，被强制住在八院。

展开 | 收藏

石骅阗，后化名为沈剑潇，在酒吧里做贝司手，也是蓝竹妡深爱的男人，石湛蓝的情人之一。后因被告知湛蓝是自己的女儿这一错误信息而自杀。

展开 | 收藏

石季守，石湛蓝的养父，貌似忠厚老实却是蓝竹妡悲剧的一手策划者。

展开 | 收藏

人物介绍

臆想中的人物

石一诺，后化名为“木若”，蓝竹妡和石季守的儿子，却深爱着自己的“姐姐”——石湛蓝。

展开 | 收藏

苏夏，蓝竹妡的好朋友，单方面地爱着石骅阗。也是石湛蓝成年后的监护人。

展开 | 收藏

亦薇，苏夏的女儿，无比仰慕石湛蓝，视湛蓝为自己的偶像。

展开 | 收藏

桑小楼，石湛蓝的心理咨询师，深爱着化名为“木若”的石一诺，而石一诺却对湛蓝念念不忘。处于嫉妒，她一手策划了湛蓝见证悲剧的所有场景。

展开 | 收藏

楔子

我是湛蓝，你是谁?

我是湛蓝，你是谁对我来说不重要，重要的是我想告诉你，我是湛蓝，湛蓝的湛，湛蓝的蓝。

在我25岁的时候，我就开始学会回忆一些东西。那些东西如同一个个看似很容易就愈合的小伤口，在我身上点点滴滴形成了太多不雅观的疤痕，而这些疤痕突兀又如同增生的肉瘤，不知道哪一刻碰到一根活着的神经就能让我痛不欲生。

他说，这每一个伤口就是一个故事，这些故事的存在便如毒瘤，不如，刺破。

这些故事是从中间开始破开，然后朝前或者朝后的延展开来的。没有章法，没有规则，有的只是沟沟壑壑流过的血忆。

那个男人安静地走到我面前，他的手指细长得如同一根根青翠的笋子，新鲜刺激地跃跃欲试，划过我的脸颊时，却冰凉地刺痛着我的心。

他的脸上始终挂着淡淡的笑，嘲弄?还是怜悯?

他弯下腰，轻轻地在我耳边呵气如兰，略带暧昧的眼神仿佛剥光了我的衣服，一层一层地，我顿时就像一只赤裸的火鸡，黯然无措地横在他的掌心，透过他放大的瞳孔，我更是看到了一个廉价的女人。

宝贝，你准备好了吗?

这是他的第一句话，我尚没来得及反应过来，就已经被一座大山袭击，阴影一样的事实慢慢地覆盖了女人心里略微还有些明媚

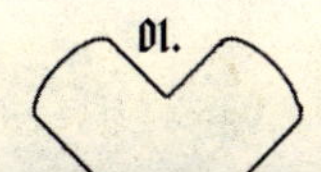

的情节。

窗外，伸手不见五指。窗内，睁眼看不到人心。

我缩成一团，在他的的身体里硬生生地咯伤着自己的思绪："我，住你怀里，你，住我心上。"

女人往往就是这样的，心里面清楚明白得晶莹剔透，偏就是非要坚持着感性，明知不可为，依然为之。

宝贝，你真的天生就是一个好情人。

情人，呵，我笑了，这是褒奖，还是讽刺，或者是一种预言。

情人是什么？第三者？

当然不是，情人仅仅只是一个女人的身份，她还是一个伟大的母亲。

我的！母亲。

情人是一部百折不挠的纠缠史，它不只是她，更是她们，含在我的口中，跳在我唇边，抚摩着我的乳房，快乐着我的肌肤，最后它凶狠地撕扯着我妩媚的面容。

一个小时前，我接到蓝竹妡的电话，她的声音依然那么尖利，又带着韧性："小蹄子，你好多天没有来看我了，是不是最近勾搭了什么人，把你老娘我都忘记了。你就一个贱到骨头里的狐狸精，我告诉你，那些男人只是想玩玩你而已，你只配给人做情人，还是那种提不上台面的情人。"

"妈，你打电话是为了告诉我，你可以离开八院了，还是想告诉我，你嫉妒我长的比你美啊，如果两个都是的话，我让王医生给你注射点镇静剂吧。天气凉了，多穿点衣服。"

我波澜不惊地应付完她的电话，心却像被刀子割过一样胀裂。是的，和我通电话的是我的母亲，一个正在精神病院里接受治疗的女人。

她明明自己做了一辈子别人的情人，可是她常常恶狠狠地盯着我，动不动就踹我一脚：看你那小狐狸样的屁股，注定是个愚蠢的情人胚。

我就是个愚蠢的多情种子，不然我才不会一转身就在她怀里接受她的忏悔。

当然，她忏悔的是，她怎么能这样欺负她与他爱的结晶。

可惜，她爱的男人永远不知道，我，是他的女儿，尽管我叫石湛蓝，尽管他叫石骅阗。

我的父亲叫石季守，这才是不变的事实。

其实在我动笔之前，我是打算讲述一个女人和两个男人这么简单的事情，可是到了最后却成了讲述我与一群男人女人的故事。

请原谅我的罗嗦，用我那美貌无比、才华无比、可怜无比、煽情无比的母亲之语就是，因为我天生多情。

我有一个貌似美满的家庭，四个人，我有一个弟弟，他叫石一诺，可惜他骨头里流的那一半男人的血和我不一样，他是那个“棘手”男人的亲骨肉，而我却是那个“花天”男人的酒地遗忘。

母亲五十岁那年，被强制住在八院，那里，常常会听到撕心裂肺的声音，或者是看到一些空洞的眼神，流露着骇人的呆滞。

每次去探望她的时候，我就会看到她穿着年轻时候的旗袍，单薄的身体依靠在冰冷的门框上，单薄的嘴唇蠕动，诉说一个家族和一个女人的故事。

八院实际上是一所精神病治疗中心，这里的人多多少少都是一些疯子，而我的母亲一来到这里，就成了他们的首领。

是的，她天生具有张牙舞爪的能力。

我最后一次去看望她的时候，沿途中被那些奇怪的男女搞得头昏眼花，他们或是恭敬地冲我鞠躬，或是看见我便躲避起来，或是在一旁对我指指点点。通向母亲房间的道路被他们撕得蜿蜒曲折，回忆像一只张开羽翼的大鸟横卧在中央。

远远地我就看见了我的母亲，从我站的位置望过去，恰好呈三角状，沿途杉树的叶子蜿蜒如一碟狼藉的葡萄皮，斑驳的光影流窜在我的瞳孔，愈渐黯淡。终成一面狰狞的蜘蛛网笼了下来，我的喉咙里发出类似咆哮却勉强有力的轰鸣。

“她，是个疯子。”

蓝竹妡就站在那个三角位置，确切地说是八院大铁门与会客室的交叉拐角处。她仰着眉，面无表情地看着自己绝望的影子，冷笑，既而惨笑。

我站在八院的对面，距离大铁门有三十步的地方，静静地观望着。

蓝竹妡伸开双手比划着，会客室里传出忽然的玻璃撞裂声，清脆，刺心。

八院的路灯噼里啪啦地，落地，瞬间，碎片和杉树的落叶勾搭纠缠，宛如一对随时潜逃的私奔者，矛盾又激烈地斗争着。

我继续呓语，是的，我开始呓语：“她，是个聪明的疯子。”

她很快发现了我的到来，她快步上前，用手卡在我的咽喉。

她的唾沫星子飞溅在我皎好的脸上，我不知道该如何讲述，敏感而脆弱的星球在瞳孔里逐渐夸大，盯着她手上那个永远飞不起来的蝴蝶文身，在她的口中也变成了肮脏的象征。

蓝竹妡曾经说过，她决定去要爱那个男人的时候，就注定做这样勇敢的蝴蝶，奋不顾身的扑火。血混着颜料在她的手背纵横错综，像一截枯老的树根黯然无神，不干不净地提醒着她年轻时的疯狂。

我挣扎着：蓝竹妡，你要谋杀亲生女儿啊。

是的，蓝竹妡就是我的母亲，听听她这个让人不知所以然的名字，就能想象出她年轻的时候是一个不知所以然到什么程度的女人。

她说：小蹄子，你这样看着我美丽的文身想干什么，你莫不是想去勾引我的男人。哈哈，我当初就应该把你掐死。

看看，这就是我的母亲，一个极致小情人，她一直这么恨我。

A：断砖，破瓦

你说，疯子与醉鬼的最大区别在于疯子控制着自己

失去理智，醉鬼的理智无法控制的失去。

是的，你很聪明，一语道破太多的陷阱。

· 1 ·

蓝竹忻说的最多的一句话是，我是一个花痴，我叫蓝小忻。

是的，年轻的时候，她叫蓝小忻。

她对我说，你的监护人不是我，是一个叫苏夏的女人，事实上，关于这个女人，我知道的并不多，很多年以前我看见她的第一眼，感觉是，她很可怕，因为她身边的那个妹妹长得和我一模一样。

那也是我第一次见到蓝竹忻像个母亲的样子。

十多年前的一个夏天，我第一次知道生日原来是要庆祝的，那天蓝竹忻很早就起床了，等到大约十点左右，她异常温柔地叫醒了我，端着一只碗，那只碗非常漂亮，白色的底，蓝色的小花，还有一位妖娆的女子拿着把扇子遮了半边脸。上面有一行很飘逸的黑体字，可惜我一个也不认识。

多年以后，我知道了那行字是：人面桃花相映红。

蓝竹忻一直以为自己就是崔诗人笔下的人面，可惜她的身边从来就没有盛开过桃花。从她的青春一直到她女儿的青春,这样一段的时期内，蓝竹忻是活在自我催眠中的，她靠着心中的桃花与单相思的望穿秋水映红了一年一年的月经棉。

蓝竹忻两只手交换端着冒着热气的白瓷碗，小心翼翼地吹呵着稍空就晾出来的手指。她美美地尝了一口汤后，嘴里发出啧啧的感叹，然后倍加温柔地喊我。

“湛蓝，换上床头那套新衣服，吃了这两个鸡蛋，今天要见你的妹妹。”

“哦。”我乖巧地从床上跳下来，难得她今天心情好，我最好别多话。

我小的时候鸡蛋可是奢侈品，那个时候两个鸡蛋可以换好多绣花线，而蓝竹妡生平最喜欢的事情就是拿把凳子坐在大门口绣鞋垫，以她吝啬抠门的习性，突然如此大方，确实让人又喜又忧。

好的是，我还只是一个没什么大脑的小孩子，馋了嘴就能让我忘了考虑很多后面可能会发生的事情，闭嘴，吃鸡蛋，是我四肢接受到大脑的唯一反应。

石季守，也就是我的父亲，他说，那些鞋垫都是给我爸爸做的，可惜我爸爸并不领情。需要说明的是为什么我说石季守是我的父亲，却不是我的爸爸，那就是蓝竹妡是怀着我嫁给我的父亲的，我的爸爸也就是我的亲生父亲名叫石骅阗。

我在吃鸡蛋的时候，父亲带着一诺安静地走了出去，我看见一诺的口水都快流了出来，有些不忍，招手示意他过来一起吃。

蓝竹妡瞪了一眼一诺，他就不敢动了，灰溜溜地跟在父亲的背后出门去。

蓝竹妡在背后喊：“别走的太远了，今天是湛蓝的生日，早早回来要庆祝一下的，苏夏和亦薇今天也要来的。”

父亲闷声闷气地答应了一声。

我美滋滋地端着碗，看蓝竹妡今天心情很好，也就放肆了一些：“妈妈，亦薇是谁啊，苏夏又是谁？”

蓝竹妡白了我一眼，又踢了我一脚，一边用嘴试图咬断手里

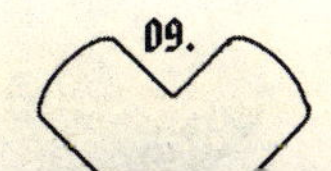

的绣花线，一边含糊不清地说："亦薇是你妹妹，苏夏是你这个情人胚的监护人。"

"监护人是什么啊？"

"就是要把你养大的人。"

"可是妈妈，不是你把我养大的吗？"

蓝竹妡开始心不在焉的回答着我的问题，结果被我问住了，她恼羞成怒，摔了手里的鞋垫，从我手里一把抢过碗，呼噜呼噜两口喝完了碗里的汤。

"小蹄子，热汤还不能封住你的嘴啊。"

关于监护人这个问题就到此打住了。

我心里想，蓝竹妡真邋遢，除了长的漂亮，一点都不优雅，难怪才会嫁给我父亲那个窝囊废。

石一诺懂事后也常常说，老妈胸大无脑，眼大无神。

可是我长大后却发现，蓝竹妡是聪明反被聪明误了，往往太精明的人最后总是算计在自己头上，尽管如此，不得不承认，她还是很有预言天分的。

她说，她以后肯定会疯，不会自杀。

事实如此。

·2·

蓝竹妡还说过，石湛蓝是个小狐狸精，是个小贱人。

中午时分，家里来了一个端庄大方的旗袍女人和一个芭比娃娃一样的女孩，女人一看到我就发出快乐的笑声，凑近我拍拍我的脸："是湛蓝吧，你妈呢？"

蓝竹妡从我懂事就警告我，漂亮的女人是危险的，笑起来更美的漂亮女人那简直就是毒蛇，看上去越是好人的女人越不能随便搭讪。所有这一切都和给我打招呼的这个女人很像，我哇地一声大叫，跳得远远的："你是谁？你怎么知道我的名字？别碰我，毒蛇。"

"这丫头，怎么疯疯癫癫的，怎么说话呢？"女人皱了下眉，随后大声地朝屋子里喊："小桃，我来了。"

难道她就是那个我的监护人吗？我一脸狐疑地盯着她的侧面，一个看上去受过良好教养的贵妇人，她要带我走吗？

"哎呀，苏夏来了啊，快进来，看你一直没来，我小盹了一会儿。"蓝竹妡像只妖蛾子扭着出来了，一边揉着惺松的眼睛，一边冲我吼："不是让你等苏阿姨的吗？怎么像个傻子一样不吭声，还不快叫苏阿姨，真是个蠢货。"

"苏阿姨……"我声音很小，突然竟有些恨这个女人，没有任何原由的恨。

"好了，好了。你看看你这脾气还是这样，口没遮拦的，把孩子都教成啥了，难怪她和你一样神仙。和小孩子也没啥计较的，说我们的事情吧。"苏夏优雅地冲我挥手，就牵了蓝竹妡的手到一边窃窃私语去了。

蓝竹妡对我示意了下那个芭比娃娃："湛蓝，和妹妹玩会儿。"

我从蓝竹妡的眼里接受到了一个奇怪的讯息，具体是什么我也说不清楚，总之我看出来她不喜欢这个女人和这个妹妹。

那一年，我10岁吧。

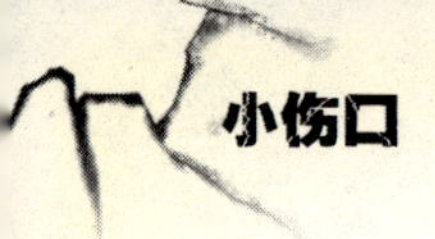

我轻轻地从妹妹的身边走过，她身上若有若无的飘着甜甜淡淡的花香，我耸耸鼻子，装腔作势地瞥着她。

我霸道地走到她面前，找了一个板凳，舒适地交叉起双脚，坐在那里一个劲儿地瞧个没完。

她安静地站在那里，手指轻轻在她粉红色裙子的褶边上来回搓动，这个裙子比我见过的所有女孩身上穿的都要华丽，她甜甜地看着我。乌黑的头发梳成了漂亮的高高的发髻，上面插满了小花卡子，别着珠花别针的米黄色三角披肩围巾上隐隐显露出她白色的肌肤。

“让你陪妹妹玩呢，你倒好，坐这学老佛爷看戏了。”

蓝竹妡踢了我一脚，把我屁股下的板凳一把抽走，我来不及站稳，就摔倒在地上。妹妹就扑哧笑了出来。

我清楚地看到，在她的一侧微红的面颊上方，有一颗褐色的美人痣，她一开口笑，嘴微微张开，露出了洁白的小牙齿。

她好漂亮，果真像聊斋里面的狐仙，不对，是狐狸精。

我若无其事地站起来，拍着妹妹的肩膀：“小狐狸精，你叫什么名字。”

我看到苏夏的脸色突变，嘴唇动了动，却没有说出话来。蓝竹妡哈哈大笑，一边拽着我的头发拉我向苏夏道歉，一边肆无忌惮地笑着：“看看，这就是那个男人的祸害。”

我挣脱蓝竹妡的魔爪，准备冲出屋外，却被一个很柔软的声音留住了。

“姐姐，我叫苏亦薇，不叫小狐狸精。”

我回过头去，苏亦薇瞪着一双纯净无辜的眼睛看着我们，那个时候她很瘦，声音很小，很柔软却很有力。

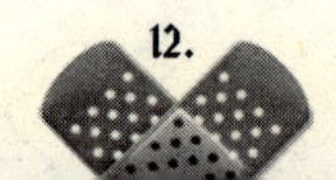

苏夏愣了。

蓝竹妡也愣了。

我却笑了。

我轻轻地牵起苏亦薇的手，顺势摸了一把她柔软的头发，“我给你讲故事听，好不好。”

亦薇乖巧地点头，端庄地站在我面前，任凭我肆意地用眼睛捉弄她的温顺。

“前几天，我知道你要来的时候，我就开始做一个很可怕的梦，有一片丛林，密密层层的，茂盛的藤蔓从一个树冠爬到另一个树冠，纠缠盘扭，漫无边际，就像是一张巨大的绿色丝绒被覆在这片丛林之上，沉甸甸地垂下来，树干几乎看不见了。”

我诡秘地凑近亦薇，想吓唬她。

另一边，苏夏气冲冲地大喊：“你不能这样，小桃，你已经要到你想要的东西，你不能再去利用无辜的她们去得到你不该得到的东西。”

我回过头看见蓝竹妡不以为然撇嘴：“去它的吧，苏夏，你是绝对不能这样想的。她们都是他的女儿，你怎么能说是我在利用什么呢，亦薇可以笑，湛蓝喊一下又怎么了。”

两个老女人在说些什么我听不懂，不过我却发现身边所有的动静都不能使亦薇动容。她仿佛听不到她们在说什么，只是一脸无辜的样子看着我。

我继续：“小狐狸精，你怎么不说话呢？”

“我什么都不知道啊，姐姐，那后来呢？”她终于开口了。

我有些愤怒，她居然撒谎，她怎么能不明白呢，我也不过比她大三岁而已，我很早就明白的她怎么会不明白呢？难怪，真的如

同蓝竹妡说的，漂亮的女人不能相信，还要加一条，可爱的女生也不能相信。

我流露出厌恶的表情，但是谈话仍要继续，我绘声绘色地继续想象着我的梦。

“在那片森林里，你可以看见很大很大的花朵和蝴蝶，大车轮一样的蛛蛛网，很漂亮。像猫一样的大蜘蛛一动不动地呆在网心，令人难以置信的菌类附生在长满苔藓的树干上，鸟儿拖着红色或淡黄色的长尾毛。”

我以为亦薇会害怕，因为我看到苏夏和蓝竹妡已经有些变脸了，蓝竹妡一直在抑制苏夏阻止我讲话，她的小动作更加促进了我欺负苏亦薇的欲望。

我早说过，我和蓝竹妡都是变态的贱人，长期的缺爱使得我们根本判断不出来感情使用的正确方法。哦，不对，那个时候她还叫蓝小妡，提醒自己要处处小心的意思。四十岁以后她才变成了蓝竹妡，她一生都在自我否定，所以觉得小心（妡）不解气，干脆得了一颗猪心（竹妡）自我羞辱。

结果亦薇的话几乎让我们三个人全部崩溃，她瞪着眼睛：“姐姐，你的梦好美啊，我也想有这样的梦。”

我看了蓝竹妡一眼，她示意我继续，于是，我有了更恶毒的梦景：“还有呢，在一片安静的河面上，有一群巨大的蝙蝠，它们就像制造毁灭的急先锋似地盘旋着，数千只一齐向发现食物的地方扑过去，黑压压地，有节奏地鼓动着翅膀，铺天盖地地飞了过来……”

我吐着舌头伸出双手朝亦薇的小胸脯前抓去。

“你不能这样。”苏夏终于挣脱了蓝竹妡，一把将亦薇拉了过去："蓝小妡，你简直是个疯子，你竟然能把这样一个小孩教成神经病，我以后都不想看见你了。"

她怒气冲冲地头也不回地走了，而亦薇却有点不情愿地基本是被拖走的，她回过头冲我挥手："姐姐，我还会来看你的哦。"

"苏夏，你别忘记，湛蓝的监护人是你，她姓的可是你家男人的姓。"蓝竹妡在她身后暴跳如雷。

"妈妈，苏阿姨是不是不喜欢我啊。"我突然有些舍不得苏亦薇的离开，因为我的眼睛刚好遇到了回过头看我的亦薇的眼睛，那里面有一些说不清楚的晶亮。

十多年后，亦薇告诉过我，那时，她也舍不得我，她说她是第一次听人叫她小狐狸精，她当时根本不知道小狐狸精是什么意思，只是觉得我叫得很痛快。

蓝竹妡毁灭了我所有的幻想和童真，她恶狠狠地盯着我："想要她喜欢你干吗，你这个小蹄子，老娘养了你十年，白养了，你的心被狼吃了，居然惦记着别人。"

我吓得不敢吭声，生怕一不小心得罪了她，她会拖着我到院子里暴打一顿。

那年，我只有十岁，第一次见到苏夏和苏亦薇。

· 3 ·

我出生在一个四四方方的城市，这个城市的名字很奇怪，叫长安。

蓝竹妡说：长安就是长长的不平安。我知道这样的解释实在是对不起这个城市，可是每次当我走在那黑色护城河边上时，我的确会感到一点不安全。

绿色的军装，黑色的板鞋，深蓝色的老板裤，配着两条别扭的麻花辫。每日里看黄土飞扬，听老人唱戏。

这就是我的童年，以至于长大后我也能在无人的角落里咿咿呀呀地忸怩几句：未开言来珠泪落，叫声相公小哥哥……

后来，我长大了，也能明白那憨憨的一句：哥哥你走西口，小妹妹我实在难留……不过蓝竹妡早早就把我身上那淳朴的民族特色掐死了。

她用白眼珠子剜我的心，她说：一定要学会吼，呐喊，发泄。

于是，我转而喜欢上用妩媚的眼神去唱：人潮人海中，有你有我……

在南门古老的城墙下，有一些音乐人和灵魂在飘荡，我不是音乐人，只是因为我想摆脱长期以来被蓝竹妡困绕的心情，就无意撞了进去，讲不清楚是他收留了我，还是我投靠了他。

酒吧名字很嚣张，半垮吉他。我不明白是什么意思，但是那种意境让我很是迷恋。

我在靠近护城河的附近自己租了一间小屋子，每隔一日去一次酒吧，那里有长安城的地下乐队演出，我喜欢那种激烈的音乐，有战争的味道。我经常在霓虹灯没亮的时候就到达，然后调戏一个比较好玩的服务生。

我说，为什么不叫半把吉他。我在询问这个问题的时候心里已经有了一个很好的答案，那就是因为是将要垮掉的一些东西，至于具体什么东西我不知道。

只不过有的时候去询问一个明知道他给不了你答案的人，也是一种获得快感的捷径，我充分享受着这份刺激，和傻人过招，有的时候是聪明人自恋的体现之一。

不过我真的是低估了他的应变，他在无法回答我的问题后，砸出了一句，这个你要去问我们老板。

沈剑潇，这里的老板叫剑潇，这个男人的名字起的很让人费解，挥剑潇洒呢还是举剑潇洒？我试图看穿他的五脏六肺，却不小心把他吞进了肚子，这把剑却是沾染了毒液的，我触碰到他的刃，却送上了自己的命。

他一眼便看穿我的寂寞。

这是他的酒吧，可是我从不喝酒，却拼命地吸烟，无论好坏，其实我不会吸烟，只是迷恋烟在喉咙一瞬间让我有想哭的冲动。

服务生向我推荐他们那里的女士烟，我笑笑。决定领取他的好意，小男孩很机灵，机灵到一眼便看穿我的心事。

在我眼神四处游荡的时候，他冷不防地跳到我面前："姐姐，我知道你在找什么？"

我愣了一下，我自己都不知道我在找什么，他个小P孩就跑来显摆装成熟，我决定和他玩玩。

可是，我还没来得及调侃他，他就神秘地说："姐姐，你肯定会爱上我们老板的。"

"胡说。"我脸色一沉，踢了他一脚："酒可以乱喝，话不能乱说。"

"嘿嘿，姐姐，真的了。来这里的很多女孩都喜欢他呢。"

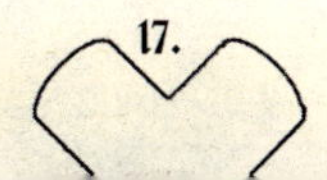

他挤眉弄眼地闪开，我却有些惆怅。

的确，我在找他，剑潇，这里的老板。

我和所有的女人一样败倒在他的裤裆下，是的，我用了这样难听的字眼来形容，因为我的确是对他产生了欲望。我想，那个时候，真的是只有欲望。

那是一个男人和一个女人纯粹的欲望，不停的索取，开始，永无止境。我一直沉醉在那个回忆里，用思维回忆，用文字回忆。

再后来，她一把扯开窗帘，眼里溢出疼痛。

他横穿了那具沧桑的身体，不顾及它的颤抖和无谓的呻吟，手指都来不及湿润未曾鸣叫的布谷鸟的舌尖，就发出一句，迟了。然后她的身连同它的心就一直半生不熟的垂吊，等待一场没有硝烟的战争，那么简单直白的。

有的时候我也会让自己一败涂地地蜷缩在满是烟头的地板上，像祥林嫂一样对一个陌生男人倾诉：

她已是一个苍老到无法用年龄来计算的女子，你不能要求她对一次伤害无动于衷。她要的快感就是在伤害中享受快乐，在快乐中制造伤害。

·4·

沈剑潇，贝司手。

我重重在稿纸上写下他的名字，然后又重重地打上感叹号，西班牙电影导演路易斯·布鲁埃尔曾追问苍生：“如果可以将你的生命再延续20年，你希望做些什么？”

尽管我一直是一个自私的女人，但这次却可以毫不费力回答：如果每个人的生命，都会对应着一根记录年轮的木棒，那么属于是石湛蓝的，应该被凿成一把贝司，延续他那还未完成的音乐和梦。

沈剑潇是贝司手，沈剑潇是石湛蓝的。

这个冬天，冷得连空气都蜷缩起来不想动弹，她裹在被窝里努力地吮吸着自己的体温，想他，想他留在身体里的温存。

沈剑潇给我电话的时候，他的声音诚恳无比：“小石，我们在避风塘见面吧。”

我笑着挂了电话，对着镜子精心装扮了许久，是我先拨通电话的，却是他先提出见面的，故事总是这样在相互诱惑中产生。

他就坐在我的对面，口若悬河地谈论着他的音乐，我一直安静地吃我的冰淇淋，时不时会和他看一个暧昧的对视。

“你已经吃了8份冰淇淋了。”他突然插了一句话。

“不限量的冰淇淋，不多吃是傻瓜，我……”

我抬头，他居然做了一个孩子状的鬼脸冲我坏笑，一个中年男子可爱的笑容对于一个心怀鬼胎的少女无疑是致命的，我在一瞬间就被冰淇淋呛住了，说了一半的话就那样溺死在他柔软的眼神里。

“我等会要去给一个小孩辅导钢琴课，你……”起身的时候，他似无意地扔给了我一个补充句。

“那带上我一起吧，顺便看下你除了贝司之外，弹钢琴是不是也有自己独创的指法。”聪明人是一拍即合的，我主动挽上了他的胳膊。

那是个温暖的日子，温暖的气息从午时开始蔓延。

夜已很深，隔壁传来若有若无的喘息，这是一个欲望年代。我轻笑，屏住呼吸静听，身体里来回抽动的呻吟。将手机贴在胸口，金属的冰凉很快渗透了滚灼的想。我闭上眼享受，彼时，则是享受他的抚摩。

他说，湛蓝，你的愉悦并不亚于我的需求。

天尚未亮，我便扯开窗帘，看鱼肚白的天翻起妒忌的浪。

想他的手指流畅地讲述童话，优美的旋律被暴光在冬日的黄昏，键盘是我的乳房。每一次克制不住的叫喊总是被赤裸裸的强塞回去，他游移在身体里时，我咬住了他的肩胛。血腥在嘴里猖狂乱舞，而我在他的进攻下放肆扭动。

也许多年以后，我会后悔，但我不需要遗憾。

一场没有硝烟的战争，在某年的冬天，在一百多平米尚未装修完的新居里，演绎一出声色情景剧。

沈剑潇说："我要你是我的情人。"我愣了一下，慢慢褪下被他剥了一半的鸡蛋壳，笑："她们说我是天生的小情人。"

· 5 ·

如果给我足够的勇气，我一定会在一个漆黑的夜里，在南门下大声呐喊，我愿意。

愿意什么，我也不知道。

只是突然觉得这句话非常之好，因为我从来没有足够的勇气，所以我从来没在漆黑的夜里大喊过，包括在两瓶红酒过后，被酒精刺激的神经已经失去理智，我也能抑制住这个欲望。我仔细察看过一诺的日记，他非常细腻地记录了那天的经过，有一句话很经典，他说，我没有醉，我是疯了。

讲到这里，大概你也能明白，酒不醉人人自醉是什么意思了。

你说，疯子与醉鬼的最大区别在于疯子控制着自己失去理智，醉鬼的理智无法控制的失去。

是的，你很聪明，一语道破太多的陷阱。

很多时候，我常常一个人将自己关在一个黑暗的屋子里，一件一件地褪下所有华丽的简单的装饰，想像，如果石湛蓝的叫嚣不能让期待中的人臣服在自己脚下，她会说什么样的台词。

男人的手轻轻地在她的腰里摸索，她娇小的身体像蛇一样的扭动，隔壁很不和谐的响起贝多芬的交响曲，男人微微皱起眉头，手在墙上拍了两下，然后将耳朵俯在那个位置一分钟后，他说：不隔音啊。

隔音不隔音有什么作用吗？谁也不认识谁。她一把把男人拽了过去，双臂紧紧地缠绕上去，大声地笑了起来，在夜里格外的清晰。

你真……，男人也笑了，手顺势探了下去。

贱，哈哈。她接过男人的话，凝神看去，张开口，发出低微的一声呻吟，积聚了万千诱惑的毒液，迅速在两个人的血液里媾和，她引诱出了他的喘息。

我看透了她的骄傲，她贪婪的欲望足以淹没所有的男人。

剑潇说，你太自大了，可是你有什么可以自大的。

我只是自恋，不是吗，哈哈，我就是值得自恋。

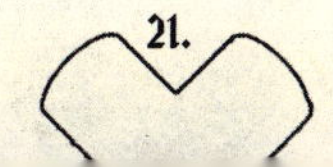

剑潇敲着我的头："自恋会害了你，你说说你有什么可以骄傲的。"

我趴在他的身上，在他眼里找到一个挑着眉毛的嚣张女子，一方面表现出对身边男人的膜拜，一边计划着对身边男人应对的不屑。

"因为我挑中了你，而你没能逃脱我的掌心，你可以不爱我，我从一开始就没想过，哈哈。我从一开始想的就是，这个男人我一定要搞到手。我不想去管你一开始的想法，我只知道我从一开始就不单纯，我在很短的时间内得到了我想要的，不是吗？或者说其实我们在都需要的时候遇到了，然后点燃了，那与我无关。说到最后，就算那样，我们也只是打了个平手，因为情人这一说，是我先提出的，所以得到就算我先得到了。而我既然是这么一个平凡普通的女子，却能让你这个优秀的万人迷的男人上钩，有什么不能值得骄傲。"

剑潇没有想到我突然一出口说了这么多，而且这么得体的狡辩，又奉承了他的优秀，也辩证了我的手段，同时也表明了我的迷恋。

"石湛蓝，幸亏我遇到你在十年前，如果遇到你是我这个年纪，我肯定一败涂地。"

"十年后我不会遇到你，因为那个时候的你和我相比，不够优秀，我看不上。"

· 6 ·

浮躁，11月的天空回光返照。

太阳出奇的灿烂，却仍是无法顾及到发霉的心底，有的东西是无法见光的，尽管已是腐朽的一摊心思。

我试图用一些文字来记录我和沈剑潇的初次遇到：

他不是主角，她也不是唯一的观众。

她仍然注意到了他，冷漠的脸，偶尔做出一个夸张的笑姿，她的眼神始终在他身上，同时她也看到他的注视。

这是一个喧哗的午夜，在长安的某个角落，一点点摇滚的颓废与激烈，一些暧昧与干净，女人无法让自己不去注意到他细长的手指，白皙，很难想像这样的一双手，指尖是否有茧子，女人的思想有点错乱。

她一直喜欢弹贝司的男人，她想，应该用男人来表示。

他很瘦，五官基本上没有任何吸引人的地方，但是他的手指吸引了女人，还有，无名指上的戒环。女人第一眼就看到了，淡淡的有点失落。

我们之间会有故事发生，女人莫名其妙地冲他笑，仿佛是挑衅，也有些暗示，他微笑的古怪，是默认，还是……

她一直喜欢注意男人的手指和声音，也许这也是她一直以来会莫名其妙沦陷的原因。

我深深知道，与他是一个没有结局的过程，仍然盲目的让自己痛苦抉择，反复决绝，不断否定，最后还是因为他一句你又无理取闹而怅然，却再次轮回。

说不上来是暧昧，还是……

女人一旦有了牵挂的心思，就是明知感觉错误，却仍错误感

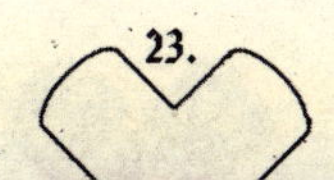

觉。有的故事从一开始就知道会有如何的结果，所以纵然你拟定路程，还是会按既定结局完成，如同这双修长的手，她清楚，不过是迟早，女人的第六感很多时候连自己都觉得害怕。

沈剑潇在台上纵情地演出，那把绿色的贝司在他的身体上跳舞，观众都随着主唱的吆喝而陷入疯狂，只有我安静的盯着他灵活的手指在琴上来回变化。

这双手也许会放在我的腰上，然后像弹节奏一样撞击我。

我忍不住乐出声来，旁边有女孩奇怪地看了我一眼，用小声却恰好传进我耳朵的私语瞥了我一眼：“看演出看到理智的发笑，估计是失恋了。”“姐姐，你真的喜欢上老板了。”小服务生突然从我身后跳了出来，吓了我一跳。我看了他一眼，“小孩子，知道什么。”“姐姐，想做我们老板情人的女孩子好多呢……”

小男孩突然没头没脑地装出一副很成熟的样子，我刚刚送到嘴边的爆米花卡在喉咙，我剧烈地咳嗽。“这么激动，怎么了，小鬼，怎么惹到你姐姐了，去，一边玩去。”

他从台上下来，经过我的身边，径直坐了下来，仿佛约定好的一样，我们四目对视，同时问了一句：“最近，好吗？”

有的爱情也是从一开始就明白没有结果，即使你借了来生的运盘，一样无济于事，如同他。我了解，多的只是疼痛的音符，拖了一些尾音而已。

女人的执著同样回想起来，在很长时间以后连自己都会觉得恐惧。

酝酿了许久，终于还是在离开的时候低头，却瞥见他的唏嘘，她知道，他算准了她的寂寞，同样，她也算准了他的孤独。

取暖是必然的，冬天才刚刚开始。

喜欢受伤的女人，也会寻找一些方式来转移自己的视线，疼痛的时候就麻醉自己吧。

我爱完美的伤疤，爱到会用所有方式来黏合伤口。

失去理智的黏合……

·7·

我骄傲地仰起头对他说，我要你做我的情人，却被他调侃的一句话打败，他说：我要你是我的。

我躺在一张陌生的床上，身边的他已经熟睡，月光斜射进来，淡淡的光在他健康的肌肤上饰映出诱人的银弧，我忍不住伸出手抚摩，身体里奔涌着的血液开始沸腾。我知道血液早已不是血液，在我身体内部疯狂激撞相互融合着的液体是岩浆，滚烫的岩浆。我若不顺着它，它会从内至外将我烧成灰烬。

他在睡梦里呓语："湛蓝，我不要用情人去限制你的一生。"他在颤抖，睡梦里的他居然在颤抖，我克制不住自己的眼泪，一滴一滴地落在他健康又疲惫的肌肤上。

"潇，我的一生注定是被你限制的，从我出生起，就是为了遇到你，做你的情人。如果可以，我愿意，我愿意就这样死去，死在你怀里，做一个名副其实的在你心里永生的小情人。"

我想，我是在背诵某段台词，只是这段台词被我演绎得太逼真了。

我抱着他，吻他。在黑暗的空间里，我渴望身体像凄艳的玫

瑰一样为他而绽放。

看到这里，想必你会说，我是一个多么淫荡的女子，我不争辩。

也无可争辩，我在吸食鸦片，一点一点的吸食，贪婪到极限。

我在很多情况下是有些神经质的臆想，在你看到所述的这一切时，就当是在看一场激情电影，因为所有的，都是我的幻觉。

他有了呼应，我能感受到他的颤抖，我听到他的欲望在一个柔软的生命体里燃烧，骨骼发出狰狞的呼喊，我们的唇舌纠缠，他抱住我，狂烈绵长濒临绝望和窒息的吻，引导着彼此的手掌在对方的身体上开始无所禁忌。他轻轻扯开我睡衣的腰带，冰凉的手直接探了进去，我的身体开始颤栗，喘吁随着感官的刺激冲向破碎。

“湛蓝，不，对不起……”他喉咙里含混不清的发出声音，在我耳朵里仍然是能清晰辨别出他每次苍白的抵抗和抱歉。

“什么也别说，只要你知道，我爱你，就可以了。”

我用身体堵住了他的口，因为我深怕他的继续消弱了我的战斗力，我又何尝不是徘徊在十字路口呢。

“潇，就算是个错误，我也要进行到底。”

那一刻，我生命沉陷于某种遥远的漂流，而不能自拔，我期待着在他的生命里痉挛，直到呼吸和魂灵全部扑灭，劫覆，像星尘义无反顾地撞向大气层，刹那火化，决绝陨落。我的贝齿刻入他的肩膀，疼痛在寒夜里弥漫成一片激荡的呼吸，血液从他的肩头流下。

我又看见，他肩上的疤痕，不自觉地抱着他的手臂愈来愈紧，他躺在我的身上，成熟的气息引诱着我身体里的罪恶，我狠下心咬着嘴唇推开了他。只一刻不过，所有的颤栗，我激烈的呻吟只因心底那一声悠远的叹息而疼痛。泪水无法抑制的流了出来。

“湛蓝……”他突然苏醒，很清晰地看着我，紧紧地拥抱着我，眼里满满是无奈的抗拒。然后慢慢松开我，背对着我倒在床的另一边“睡吧。”

“你真的很残忍。”我咬着嘴唇。“好梦”。他的话里没有任何感情色彩。

我终于忍不住，发出迤逦而且痛楚的尖叫，冲出卧室，在舆洗间宽大明亮的镜子里，我看到了自己苍白的容貌。长长的发丝垂到颊上，发丝间那双懵懂乌黑的深瞳，明明泛映着幽幽的惆怅。

并非是沈剑潇的诱惑与逃避让我对自己失望，而是蓝竹妡，她把自己对男人多年的恨在我心里种下了蛊。

蓝竹妡出现在镜子里，恶狠狠地对我说：“对男人可以纵情，但是不可以用心。”我恐惧地一掌砸在镜子上，蓝竹妡的脸消失，出现的是另外一行奇怪的字：石湛蓝，别纵情，别让自己的情感泛滥成灾。

“不，不要……”我几乎要惊叫出来。

“发生什么事情了，湛蓝？”沈剑潇的声音从卧室传来，伪装出来的懒散明显带着关心。

“没什么，不小心摔倒了瓶子。”

“哦”

没了下文，房间迅速又落入异常的安静中。

时针缓缓的走动，我用凉水冲了一个凉水澡，使全身的汗毛都竖了起来。冰冷透过肌肤，刺激着沉沉的大脑。

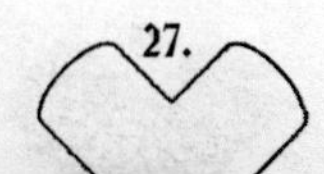

·8·

曾经的湛蓝是一只豹子。

不认识沈剑潇的时候，我背负着蓝竹妡的责任，每天流窜于各大娱乐场所，找寻石骅阗的下落。

蓝竹妡说，我是一个不配拥有爱情的女孩。

我就一直单身。

那一年的感情世界，荒凉的如同手指的烟雾，看不清楚任何景象。不足30平米的屋子里，时常是没有阳光的，因为背阴，更因为我习惯拉上窗帘，偷窥阳光下的他们，以及她们。

一些中年妇女站在路边上，有的是面前摆放着一个塑料的白色箱子，卖力的吆喝："奶糕，钟楼奶糕，五毛钱一支。"

有的人手里提着一个黑色的大塑料袋，只要有人经过，便迅速靠近，神秘地问："化妆品要吗？"

甚至有一些死皮赖脸的孩子，空着两只脏脏的手，只要看到软弱的人，便凑上去拽着衣角讨要钱财。

这就是那一年我眼里的人与物。

西安的天空上很少看见太阳，但是夏日的黄昏依然是潮热的，五毛钱一支的小奶糕在我呓语中慢慢融化，我学着用坚强的海豚音来穿透浮躁的空气，一个人承受生存的压力，也需要缓解荷尔蒙的蓬勃。我习惯在夕阳璀璨的一刻，用廉价的清凉满足奢侈的饥渴。

偶尔，我会接到蓝竹妡的电话。房东是一个猥琐的老男人，每次蓝竹妡打来电话时，他都殷勤地跑上楼，敲我的门，一副长辈的样子："丫头，你妈又来电话了。"

房东是个离异的中老男人，对我还算不错，只是关心得有些让人反感。

比如，他经常会在我转身要上楼的时候，冒出来一句：“丫头，是不是该谈恋爱了，女大当婚啊。”

有时我心情不好，就白他一眼，不理他，他便尴尬地在我身后自嘲：“现在的孩子性格都好奇怪，我老了，老了哦。”

有时我心情好，就顺口笑着讽刺他一句：“叔，我看你啊，罗嗦的程度可以做我爸了。”

他开心得合不拢嘴，就接着我的话和我开玩笑：“这丫头，嘴厉害的啊，叔不过是关心你一下。不过话又说回来了，能做你爸的人啊，还真是不得了啊，蓝妹子保养的真是不错，那次来我还以为她是你姐呢。”

再继续下去，肯定没完没了，我笑笑就上楼了，身后他会一个人在那里做白日梦。

他一直都以为我是单亲家庭的女孩子，全依仗蓝竹妡曾经风情万种的来看望过我那一次，也不知道蓝竹妡在仅有的五分钟对话中是如何让人家误会的，总之很多人不是认为她是一个风骚寡妇，就是认为她是一个可怜的被人抛弃的情人……

这个结果导致的唯一后果就是我的房东老男人开始自作多情地巴结我，以便达到每次能和蓝竹妡多说两句话。

蓝竹妡在电话里说：“死蹄子，记住，男人一定是用来玩弄的。”

挂了她的电话，我回头刚好遇到房东殷勤的关心，便娇滴滴的说：“叔，我今天晚上赶演出，等下要化妆，来不及吃饭了，你……”

我的话还没说完，房东便自告奋勇：“叔去买了送上去给

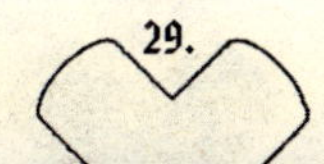

你，你去忙吧。”

说完，屁颠屁颠地就出门了。

那是一个有点驼的背影，卑恭的姿势像一盏随时崩溃的烛台，亮着只是为了某个方向，可惜目的性太强，便失去了原本的光点。

我冷笑一声，上楼。

每日里，我在舞台上，风情万种肆意地调侃那些台下的大佬，一转身台后卸妆，没有认识我是那只火辣辣的玫瑰。

在酒吧的角落，时常有男人在我周围转来转去，吹口哨，打响指。

酒吧坐落在城市的繁华地带，老板据说有很好的社会背景，不过待我不错，我也比较喜欢酒吧的名字，野猫，我就是一只流浪的小野猫。

游荡了两个月，和大家基本上都混得熟了，我决定要离开，在一个地方熟悉到连每次呼吸都能感应到它的暧昧时，是件危险的事情。

最后一夜，我穿着妖娆的狐狸服绕场一周，优雅地谢幕。

试衣间，酒吧老板拿着厚厚的红包说：“湛蓝，在我这里驻场吧，我给你月薪一万，奖金另算。”说话的时候他的眼神在我身上打转，眼里除了欣赏，挽留，还有一些因素。

“我要一杯酒。”

他拿了最好的红酒，擎在我面前，我看到他瞳孔里的沙漠尘土飞扬，恶作剧地将手指划过我的唇，然后轻佻地按向他的唇：“我不会是你的绿洲。”

他愕然，依然热血沸腾，一把拉住我的手：“留在这里，你会过优越的生活。”

我嫣然一笑，高脚杯在手里漂亮地跳舞，然后做跳水的360度旋转：“一万块，我不会数，我还是喜欢30平方的简陋房子。”

还有一句话，我没告诉他，如果你的场子里有叫石骅阗的，我分文不要留下来。

没说是因为我感觉，这样的地方应该不是适合石骅阗的地方，尽管蓝竹妡把他说得一文不值，可是同时眼里却又流露出对他的膜拜，能让蓝竹妡膜拜的男人应该不是那么简单的人物。

我是这样想的，毕竟我是石骅阗的女儿，我的优秀也是来自他的一部分。

蓝竹妡说，如果石骅阗爱过她，一定会在南门那里出没。

那面古老的城墙如果不去谈论它的历史性，其实只不过是一堵早就因风吹日晒雨淋和岁月的流逝显的狰狞和阴森的砖墙而已，几分晦暗凄楚的景象，使它那橡木大门上沉重的铁，活的斑斑锈痕显得比新大陆的任何陈迹都益发古老。

她总是喜欢拽着我一起爬上南门沧桑又充满历史感的城墙上，在我的耳边重复着关于石骅阗的一切。

其实每一次我都想问她，要是他没爱过她呢？我不敢问，可是我在心里不止嘀咕了几百次，他要是真的爱你，才不会让你生一个如我这般身份低贱的孩子。

私生子，这的确不是一个很好的称呼，可是我就是个私生子，有的时候我很恨蓝竹妡，她为什么要把我生下来，我讨厌她的自私，我在私下称呼蓝竹妡是：瓜婆娘。

我的出生是带有一定使命的，蓝竹妡经常盘坐在一个石墩上，脱下鞋，一只手温柔地抚摩着她的脚丫子，另一只手则更温柔

地在我的头上敲打着：小蹄子，听我说，女孩子一定要懂得利用自己的美貌，懂得出生是为了偿还母亲的孕育。

二十多年前一个夏日的黄昏，南门城墙下的草地上，直挺挺地站着蓝竹妡，她紧盯着布满铁钉的橡木牢门。如果爱不爱一个人也需要审讯的话，那么蓝竹妡是完全做到了那种让所有失恋者很爽的庄严态度。

蓝竹妡曾经在南门的城墙上与石骅阗有过无数次的对话。

你爱我吗？

……

你不爱我吗？

……

你要我吗？

……

你不要我吗？

……

每次石骅阗所做的只是沉默，后来我想，大约他那个时候是觉得蓝竹妡那么爱他，应该明白他的意思：沉默不是肯定，也不是否定，沉默的意思是顺其自然吧。

但是他高估了蓝竹妡的耐心，当然也低估了蓝竹妡的激进。

蓝竹妡在一个月高风冷的夜晚，告诉石骅阗：“今天晚上你一定要去南门，否则，你会后悔一辈子。”

蓝竹妡的威胁是起了作用，可是她仍是判断不出石骅阗到底爱不爱她。

威胁的结果有的时候并不是事实，也有可能是白色的谎言。

穿了一件火红色的吊带，晃晃悠悠地爬上城墙，用五瓶红尖庄放翻了石骅阗，也放翻了自己，一夜之后，蓝竹妡就让自己消失在石骅阗的范围内了。

在人的思想尚未腐败到极点之前，经历这种罪恶与羞辱的场面，谁都不会以淡然一笑代替不寒而栗，总会留下一种愤怒心理。

蓝竹妡年轻的时候还是知道羞耻心的，这句话是她亲口说出来的，她说："老娘当年硬着头皮厚着脸皮像一只发情的母猪冲他求欢，结果他就给了我一个过程，让我到达高潮后，他问老娘是谁。我一定会让他记住这个仇恨，让他像公猪一样在我面前鞭打自己的身体，对我说，我爱你。"

所以蓝竹妡选择了自行离开，她说："老娘还会回来的。"

后来，也就是我出生的时候，蓝竹妡带着我又出现了，可是这个时候石骅阗却消失在蓝竹妡的范围内。

蓝竹妡和我说，"小蹄子，你给我去那里仔细地寻找，那里有一个男人的足迹，他是你的父亲。"

只是这个时候的南门，到处是摇滚的声音。

我在这里没遇到我的父亲，却认识了沈剑潇。

· 9 ·

不是没有背叛过沈剑潇，有的时候太爱，反而会背叛。

我爱沈剑潇的时候，他甚至让我叫他叔叔，他会说他的多少多少女人。

我说："沈叔叔，我也有过很多男人。"

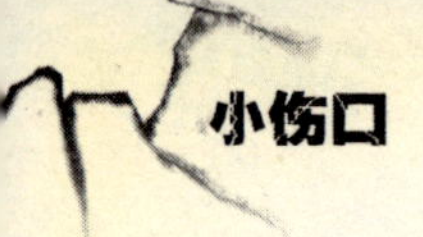

以前，以后，都有。

“两年前，我还是一个舞者的时候。”关于这一点，她总是坚持，舞姿是身体，舞感是灵魂。

有个男人说：“你是一条台子上的美女蛇，一具床上的尸体。”

两年后，男人在打开她身体的时候，微笑：“你以前那么羞涩，清澈的瞳孔总是凝视着我，让我有犯罪的感觉，尽管那个时候你的身体如丝绒一样光滑，我的欲望总是一次一次流淌，强大的吸引力让我能紧密相连。我却只贪婪你现在的舒畅，即便是你已经过了太多男人的洗礼，现在已是千疮百孔。”

很耐人寻味的一段话，他迅雷不及地进入我的身体，唇上有潋滟的性感，我一只胳膊支起身体，从床头柜上拿出纸和笔，飞快地记下。

“破碎的身体难道可以加密快感？”我有些疑问。

熟悉的迎合比单纯的接受永远更让男人喜爱。男人在穿上内裤后，慢条斯理的点了一根烟，斜着眼看我。

“以前你美丽，让人牵挂，现在你却是一个尤物，让人消魂。”

“谢谢，你可以走了。”

他来不及反应过来，我就抓起他的衣服扔到门外，将他推了出去，重重的关上门，靠在门背上，大笑。直到眼泪掉下来。

滚吧，没办法，我是个很好的狩猎人，我的猎物势在必得。可是你却把我当成猎物，这让我觉得恶心，耻辱。

别忘记，我是石湛蓝，我出生的职责就是玩弄男人，我的母亲蓝竹妡说，女人的强大就是做情人，你要做伟大的情人。

在沈剑潇逃避我的那段时间里，我觉得我寂寞到了极点。在二手市场淘了一些打孔CD，基本上是在震耳欲聋的噪音中享受寂寞的，偶尔也会念起留声机的时代，用自来水笔在一些精美的信纸上比比划划，我在想，穿上旗袍的我，在大上海是个什么样的女子，是不是也是淡漠一切，无所欲，无所求。

他是在这个时候出现的，那日，只是想找一个人聊天，随着性子就拨出了一个号码，第一次响了三声，觉得不妥，挂掉，想想又觉不甘心，重拨，响了两声，迟疑，又挂掉。不等我有第三次的思考，我的电话响了，一个瞬间就刺激了我神经的声音，骨骼在一声问候后，像沉睡了许久的狮子突然爆吼。

“你那里热吗？”我发觉到了雷雨来之前的闷，就冒出来了一句。

“打开窗子就好了啊。”他似乎答非所问，但是我喜欢这样的回答，他也是寂寞的人，男人。

然后一直都是在前言不搭后语的交谈，他说他正在哈根达斯，坐在窗子边上，接我的电话。我突然就有了一种落寞，同时也有卑微的期待。奶糕融化开来，顺着我的手指流下，我的手一仰，就直直的划向我的身体，我躺在床上和他交谈，忘记了多长时间。

大概是一个小时，大概是五十分钟，他突然问：“难道你从来不寂寞。”

我在他的指引下颤抖，他的声音若有若无，我明显的听到我感情世界里一些沟沟坎坎的不平，在他的声音里慢慢舒展开来，然后柔软。他说，22岁的女人心原来也是如此懵懂的。

我的眼泪带着奶油味，反正是最后又流进我心里，我很想告

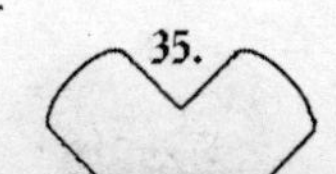

诉他，我的身体却是萌动的，只不过怕了，每天偷窥着别人的感情故事，以至于自己对感情变的恍惚不清。

他是沈剑潇最好的朋友，吴鸣。

我看到他，已是晚上11点，他说，跟我走。

“你是故意的？你知道我是他的情人，不是吗？”

“是又怎么样？后悔还来得及。”

“你比我更狠。”

再没有多话，仿佛一切都是自然而然的，两个人进了一个房间。窗子大开，灯光射眼，我在他直直的逼视下，倒下，在红色的地毯上。

可惜是酒店的红地毯，倒下的时候，我发出一声叹息。

他没有听到，也无暇去听，他像个孩子样的舔去我嘴角残留的冰淇淋，身体被他温柔的注视，我咯咯笑，他微微的笑。

那一夜之后，我就再也没见过吴鸣，直到太多时间以后。

· 10 ·

后来，我在面对一大堆死亡的时候，我对蓝竹妡说：妈妈，我真的爱过他，尽管那是一份多么龌龊的情感，但是那个时候他叫沈剑潇。

蓝竹妡说了一句话后，我回了她一句，她就疯了。

那句话我想我需要很长很长的时间以后才能有勇气说出来。

现在，才是叙述的开始，请原谅我固执的保守秘密，如果你很想知道，请将时钟拨快点，翻到PXXX页，谢谢，理解是对一个情人最大的信任。

喝冰咖啡的时候我才发现，许多旧嗜和记忆一样无法被时光冲淡。生命里发出的回响，塞满了从前的味道。

我尝试着告诉自己，在我认识沈剑潇之前，我也曾真正快乐过。

可是蓝竹妡穿着她过时的旗袍从我面前经过，沿途的空气里满满的是嘲弄的味道。

她说：“石湛蓝，你别忘记，你生来就是复仇的，男人不可以成为你的主宰。”

那个时候，我才18岁，蓝竹妡时常拿着镜子在我面前晃来晃去，告诉我，我是上帝关于她的盗版，所以我的职责就是完成她的心愿，做一个冷酷到骨头里的小情人。

小情人也有情，有的却只能是绝情。

可是，我爱上了沈剑潇。

从悼念到追忆，不过是一秒钟的叙述。

常常我是会想起那些日子，于是我蜷缩起来企图在某个角落记录一些片段，是用很古老的书写。想不起已经多长时间不曾用过水笔，明显的生涩。

这时常让我想起最初我写别人的文字，一个个黯淡的故事。

这一次，我不写某个女人的故事，不谈某个变态的生活，也暂时忘记某个残酷的使命。我只是想提下这个曾经我路过的男人。对，是路过，我为自己用了这个词语而感到激动，无可厚非，沈剑潇是我生命里一个不经意路过的男人，但是他却影响了我之后的很多思维，他是我的贵人，我在后来的成长中这样称呼他。

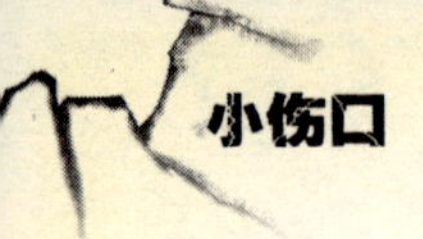

唯一要解释的是，这些都是限制在他叫沈剑潇的时候。

当然，这一切都是我到了后来才明白的，现在我是有些失落的。

现在我需要做的是继续寻找一个叫石骅阗的男人，这是我的任务。他是我的父亲，可是我们从来没有见过面。

· 11 ·

房间里凌乱不堪，是蓝竹妡让他来窥探我的秘密来的，可是他翻阅了我全部记录沈剑潇的所有日记，那些唯美的情色描写。

石一诺脸色很难看，他说："姐，你告诉我。这不是真的。"

我拍拍他的脸，无所谓的摊开双手："如同你看到的，就是这样的，难道一个人写日记还要欺骗什么吗？"

"为什么会这样，为什么要这样，放弃吧，姐。"

"一诺，你成天研究星座，就应该知道姐是金牛座的，牛脾气就是这样，我喜欢有霸气的男人，恰好他是。"

"他是狮子？"

"是的。"

"那更不行了，姐，这样的男人不能碰，不能。"

我没再说话，笑着从他手里夺回日记本，有的争辩其实一点意义都没有的，我了解自己，一诺是不可能和我争论出来结果的。

"姐，你永远都是一只愚蠢的金牛，明明知道遇到狮子会发疯，你还是义无反顾的迷恋。”

是的，从星座来说，我是一只固执的金牛，而沈剑潇是一只骄傲的狮子。

我不会上演午夜凶铃，别担心。

女人最近的嗜好，或者说是习惯，很多时候，当习惯成了必然时，也就成了嗜好。

我开始自言自语：“她遇到了一只狮子，这是一件很可怕的事情，星相上说，狮子是唯一可以让牛牛发疯的星座。”

在开始的以前，我就杜绝了以后的可能。不再相信一切可能，也不期待一切可能，女人的感性常常让自己陷进旋涡，而女人的直觉也常常使得很多事情转机。

此时，我仍是深爱着蓝竹妡，相信她告诉我的每个关于男人是混蛋的故事，但是我开始迷恋那双手，准确的是那双手的主人。

那是我第一次看见沈剑潇的时候，非常直接的对白。

“你的指法很奇怪，但我很喜欢。”

“你喜欢的是奇怪，我喜欢的是我的独一无二。”

他对音乐的执著相同于我对爱情的执著。

天气有点冷，我哆嗦着，蜷缩在被窝不停的打喷嚏，忍不住的想给他发短信，是表白，还是隐讳，最终没有按下发送键。

后来……

“后来，”我向石一诺回忆我当时的心情时，用了一个非常经典的比喻：“我是裸着身体在沈剑潇的怀里，一边小鸡啄米一样亲吻他的脸，一边给他讲故事。”

· 13 ·

“石湛蓝，你疯了，你这根本就是自掘坟墓……”

我抬头看石一诺，看他本来就有1.4厘米的眼睛更是瞪的和铜铃一样，他的声音不大，但是却如针一样刺痛我的心。

我想安静地对他说，一诺，我是你姐姐，你不可以这样和我说话的。

可是阳光刺瞎了我的眼睛，也刺伤了我的嗓子，我说不出话。

是的，从一开始进来，我就在沈剑潇的微笑里，在他的手指引导下，开始一点一点的为自己挖掘坟墓，然后再一步步自行走进去。

“掩埋自己，或者也是一种很好的方式，不是吗？”突然间我就觉得其实很好笑，这场所谓的爱情真的很好笑。

“你看，从这里一直到蓝竹妡讲述的心脏，途中有个站牌，那里站着一个端了一杯水的人，他叫沈剑潇。他知道我累了，我渴了，我需要休息一下。于是我就休息了，当我再起程的时候，我发现即使到达了那个愤怒的心脏，那个地方也不属于我，于是我再回来，这个途中仍然有个沈剑潇，他明白我迟早要回头，他又递给我一杯水。”

石一诺冷冷地看着我，他不说话。我知道他是不知道该说什么，因为我说的话他根本听不懂，有的时候不是说一个人多么愚蠢或者怎么，而是说话的人太疯癫，这个世界就是这样，看的人不清楚，演的人也不明白。

“可惜，沈剑潇给你喝下的水是鹤顶红，一杯可以要你命的毒药。”一诺还是开口了，他有些歇斯底里，并且怒气冲冲地走到窗户前，摔破了我一个心爱的杯子。

“嘘，别这样，你会吓坏楼下沉睡的人们。”

我轻轻地从地上拿起那碎片，放在手心，微笑：“其实蓝竹妡，我们伟大的母亲不是也给了我们一杯毒酒吗？”

一诺还想争辩，我制止了他。

“要想适应母亲的毒酒，那么我不如先尝试别人的毒酒，如果我体质不够好，那么就算存在也不能完成我们伟大的母亲的使命，不是吗？”

石一诺嘴里喃喃地自语：“姐，石湛蓝。从前你是疯狂的，后来你是激烈的，现在你变得冷静，却开始空虚。尽管如此，你还一直微笑，我知道只有我才能看到你的微笑和目光。

我永远不会把它描述出来，不能让他们看到，永远不能，谁也不能。如何再现突然出现的灿烂片刻时，你一定要记住，你会的就是微笑。”

一诺说：“我总有一天要杀了他。”

我拍拍一诺的肩膀：“乖，当他只是一个故事吧。”

是的，一个故事而已，一个女人与她不是最爱却是深爱的男人的故事。

B：花痴的罪过

你迫切地想做他的左右臂膀，做他的眼睛甚至做他的闹钟……当平庸的现实丑陋的现实张开大口逼近他时，你要在他心里尖锐的叫起来，使他一个箭步，潇洒地跳开。

你说，这才是你想要的爱情。

·1·

从我懂事以后，我不止一次的想离开我的家，去一个完全幽僻隔绝之地，害羞腼腆地在小路上散步，或者躺在沙滩上，在温暖而多盐的水中蛇行。

我总是感到蓝竹妡像是一只生来就被关在笼子里的野兽，和她待在一起随时都有危险。

蓝竹妡说，她年轻的时候，愿望和需要十分一般：一个丈夫，孩子，一个自己的家，有个人让她去爱。这些要求好像并不过分，毕竟大多数女人都得了这些。但是到底有多少女人是真正心满意足地得到这些的呢？

蓝竹妡认为她会这样的，当时她信誓旦旦地对苏夏说："我一定能。"

苏夏看了她一眼："承认它吧，蓝小妡，你想得到的人是石骅阗，而你却偏偏得不到他。然而，做为一个男人，他似乎为了另外一个人而毁灭了你。那么，好吧，假如爱个男人办不到，那么就得去爱孩子，而你所接受的爱得来自他的孩子，也就是说，你要想办法有他的孩子。"

蓝竹妡不以为然地撇嘴："我所接受的爱只来自我自己，这个世界上没有谁是谁的神，拯救自己的就是自己的心，我只是有个人让我去爱，我并没有要求他一定要爱我。"

苏夏深深感到自己是无法和这个疯子交流的，于是她决定用一句更莫名其妙的话来结束这次谈话。

她说：“小妡，我们是朋友就好了，其他的无关重要。”

蓝竹妡给我讲述这段故事的时候她居然用了超现实的虚拟场景，将一段70年代的往事直接提炼成21世纪的情节。

叙述是这样开始的：

公元XXXX年X月的一个夜晚，突然下了大雨，在无名城的无名路上，急驰着一辆黑色的大奔，来不及躲闪的雨点被粉碎得到处求饶，终于，车子停在了一个转弯的地方，一动不动。

不要想着是不是车子的主人疯了，或是喝多了，也不要想象车子的主人是一个凶神恶煞的男人。

相反，车里有两个女人，两个正当年华的女人，因为一些共同的话题选择了在雨里回忆，而回忆的气势一般都是要轰轰烈烈的，所以她们两个选择了狂奔。

掌控方向盘的那个女人叫苏夏，职业不详，身上若有若无的飘着甜甜淡淡的花香，貌似很有钱，她一只手轻放在方向盘上，另一只手微微地放在座位靠背上，时不时仰头自语：“你说，谁是谁的迪奥香呢？”

在这个城市里，很多人都知道这个女人，据说她的关系网非常之大，并且惊人，单从她的言行举止及穿着打扮上，几乎无人不认为她是个有钱的精英人物。

另一个女人便是蓝竹妡，负责记录并渲染后给大家一个完整版本的动人故事的伪精英。

关于蓝竹妡和苏夏是如何认识的，两个人又是什么样的关系。蓝竹妡没有讲过。

我想了想，真的不是一句话能够说清楚的，不如我虚拟一个关系出来。我想过几层关系，比如，苏夏是蓝竹妡深爱男人的未婚妻？而她又是苏夏暗恋对象心里最重要的女人？或者说她是苏夏哥哥神魂颠倒的女人？再或者是苏夏是她婆婆的侄女……反正一句话，她们之间的关系真的是很复杂很复杂的那种。

当然，这些都只是我的假设。

最后我决定还是用一句话来结束这个复杂，那就是，苏夏说的那句话：她们两个是朋友。

蓝竹妡开口的第一句话就让苏夏差点吐血，她说："棘手确实是这个世界上比我父母对我还好的男人，可惜，我爱的不是他，我爱石骅阗。"

"谁？"

"石骅阗。"

在这里有必要解释的是，石骅阗是苏夏的未婚夫。

蓝竹妡在车子里扭动了两下，尝试换个位置能看到前排苏夏的表情，事实证明，她是徒劳。

从反光镜里看到的只是自己茫然的表情，她看了看窗外下得犀利哗啦的倾盆大雨，重新换了个口气说：

"那我换个开场白吧，这句话太煽情了。"

蓝竹妡又注视了下反光镜里的自己，意味深长地笑了下："其实也无所谓了，也就是在这样的雨夜才常常会想起一个人。"

苏夏没有说话。

她又继续："我身边的男人一个一个的换着，我觉得每个人都很好，却又觉得每个人都缺少点什么。"

苏夏突然开口了：“你真是个花痴。”

蓝竹妡愣了一下，既而哈哈大笑，突然说：“我要去对面那家迪吧上个洗手间。”

等不到苏夏回应，她就打开车门，一路小跑地闪进那个霓虹灯不停晃荡的地方。尽管只有一秒钟的时间，苏夏还是感觉到了一丝清凉，有几滴雨点飘进来，落在胳膊上，她抚摩着臂弯里那道长长的伤疤，那是她第一次和石骅阗吵架时她威胁他的杰作。

苏夏看着消失了的蓝竹妡，突然就想起了刚才一句一语双关的开场白。

她是个花痴！

·2·

蓝竹妡当年确实是个花痴，包括自己对着镜子的时候也疯狂，常常是在半夜的时候，一个人在幽暗的灯光下，对镜自怜。

16岁的女孩与25岁的女人想法总是不同的，而她是在两者之间的。

这个城市夜晚降临的时候，通常都是先有忙碌的人群，然后是松动的螺丝帽掉下，再就是接二连三的霓虹噼里啪啦地闪了起来。正值年华青春的她，一般来说，是活跃在夜色里的。

身边的朋友总是说，现今的街道上全是美女，她不屑一顾，人造的美女满大街都是，怎比我素面朝天，艳不可挡的风采。夜里，肌肤是糅合了造作的寂寞，总使得美丽带着善感的气息，看镜子里扭动的身躯，听骨骼里松动的喘息。通常蓝竹妡是不关窗户

的，因为她知道，对面年轻的男孩是肯定在偷窥，她并不介意，能引来偷窥，说明自己的年轻貌美。

那个时候，蓝竹妡并不在西安了，她在广州，她18岁的时候，有了一个24岁的男朋友，叫什么名字我没有记清楚，只记得大家都称那个男人叫“青蛙”。

蓝竹妡说，他是个流氓。

青蛙找到蓝竹妡的时候，是在一个交友的刊物上，（后来，我想，要是那个时候也有网络的话，估计蓝竹妡会有更多的艳遇），周边的人都说他是个流氓，可惜她是个花痴，所以她心甘情愿地花了自己一个月的薪水，一张飞机票就把她送到了他的床上。

青蛙在穿上他的上衣后对蓝竹妡说了一句：“给我钱，我去吃饭。”

那个时候她就非常讨厌他，但还是微笑地把钱递到他手里，并且温柔地在他的额头烙下一吻，看着他洋洋自得地下楼，她就给苏夏打电话，她说：“我有些后悔，来广州，他是个典型的小白脸。”

苏夏尽管有的时候不喜欢蓝竹妡的私人感情，但是却把她当成死党，她马上在电话那头喊：“你这个花痴，那你还不赶快回来。现在不分开，以后你会后悔死的。”

蓝竹妡原本是准备诉苦的，结果一听到这话，反而非常自信地说：“和一个人上床没什么，我想要改变他，我坚信自己可以改变他。”

苏夏恶狠狠地警告她：“蓝小妡，以后再不要告诉我你的泪腺比较发达。你这个愚蠢的女人，糊涂的女人。”

后来，石骅阗也曾经对苏夏说过，他没选择蓝竹妡的其中一个原因就是因为她实在太疯狂了。

蓝竹妡自己也很清楚一点，她肯定会受伤，并且伤得莫名其妙，因为她不爱青蛙，他没有给自己燃烧的感觉，可是她还是要和他在一起。

蓝竹妡说："我不解释，不证明自己的愚蠢，也不想证明自己的糊涂，我始终认为：

第一：花痴是美女的专利。

第二：因为我是美女。

如果我现在回去，那就等于肯定了我不是美女，关于这点我始终认为比任何都重要。"

三个月后，蓝竹妡意外的发现自己怀孕了。

· 3 ·

人们常常说，冲动是魔鬼。可是蓝竹妡却不会放弃让自己冲动的每一次机会，她觉得，每一次冲动带给她的也是一种经历。例如，躺在医院的病床上对着年轻的医生抛媚眼。

准确说来，这不是医院，只是一个私人的诊所。

很小的手术台上，蓝竹妡长长的让自己摊开，晾着，一个被打开过的身体是不会在乎任何洗礼的。在这间肮脏，狭窄的小诊所里，面对着一个连口罩都没带的中年妇女，她的脸上是很冷漠的威严，让蓝竹妡突然间觉得自己是个罪人，她的助手是个很帅的男孩子，这让她又暂时忘记了痛苦。

她开始忽略不计老女人鄙夷的眼神，心思放在了她旁边，在痛苦的时候要学会给自己找快乐，尽管这是个比较残酷的快乐，我喜欢，我愿意，没办法，这年头流行自我。

双腿被架在空中，没有东西遮羞的下体有丝丝的寒意，蓝竹妡并没有一点难为情的思想，相反，她在想，这个姿势是不是在床上会很舒服，耳边能听到各种器械在身体里接吻的声音。她有一点点的难过：我肚子里的一滴血，我身体里的一块肉，就这样被无情的砍去，吸走。

“你多大了，小姑娘。”老女人的手脚很利索，嘴也很利索，一边用利器刺激她的细胞，一边隔着口罩还不忘用那公鸡一样的嗓子来刺激她的耳朵。

“25。”蓝竹妡撇撇嘴，“小姑娘，那已经是很遥远的称呼了。”

实际上，蓝竹妡才刚刚过完18岁的生日。

老女人看了一眼蓝竹妡略显稚嫩的脸庞：“你，25？”

蓝竹妡又加了句：“我长得比较年轻。”

“现在的女孩啊。记的吃点消炎药，最近一段时间不要做剧烈运动，增加营养。”老女人突然口气变的柔和起来，确切的是带了些可怜的语气，动作也轻缓了一些。

蓝竹妡说，她在那一刻又明白了一个真理：在合适的年龄犯合适的错，是大家都能理解的。所以如果你犯了不该犯的错误，那就想办法把自己的年龄变成适合错误的年龄，你的错误就属于自然规律了。

仅仅不到十分钟的功夫，蓝竹妡就像被掏去了灵魂，空荡荡地。

临别时有点遗憾地对小男孩微笑，“下次再见。”

她看到他尴尬的脸色，忍着疼痛大笑扬长而去。

小男孩望着蓝竹妡的背影一直不解，这种地方还能再见吗？

出了门，她就给青蛙电话，不等她说话，他很急的问，“做了。”

“做了。”她的回答也很简单。

然后他用质疑的口气又问：“这么短的时间就完了？”

——靠！

蓝竹妡突然很想骂人，她不想解释，也无话可说，他认为她会要挟他，以为她要借此和他在一起。

他也不爱她，她只是他需要时的一个女孩。但是她没拒绝，因为自己是花痴，因为她失恋了，因为她需要一个人伤害自己。

最终蓝竹妡和青蛙也没有在一起，他们只是两个城市彼此孤单的灵魂，只是每隔几个月蓝竹妡会飞过去，会上一次床，做无数次的爱。

他们说她是个疯子。

·4·

回忆，总是要混合着某一些影像才能完整。

海德格尔认为：“作为缪斯之母，‘回忆’并不是去思能够被思的随便什么思的东西。”

作为一些存在物的存在，回忆更像是所谓的“自在之物”——作为世界的本体而无法把握。

在一边记录蓝竹妡故事的同时，我也开始回忆我的一些片段。

其实我和蓝竹妡在很多时候是比较相像的，比如固执，比如偏激。

回忆无法连贯，因此它也只能作为碎片而存在，是一段段发黄的胶片般闪动的电影短片，或者是一副《克里斯蒂娜的世界》，甚至在时间的冲刷下变得扭曲而夸张，那又是达利的世界了。

我叫石湛蓝，很淑女的名字吧，可惜，我一点都不文静，相反还很神经。

这点上我绝对继承了蓝竹妡的优良传统。

蓝竹妡到底是一个什么样的人呢，我再一次拿起了酒杯，然后我说，“上帝啊，原谅我有这样一个恶作剧爱情的母亲吧。阿弥陀佛……”

一诺在旁边说：“姐，上帝是不说阿弥陀佛的。”

我白了他一眼：“小孩子知道什么，上帝看到母亲都被气糊涂了。”

·5·

16岁的时候，蓝竹妡正在读高中，然后她因为一场盲目的爱情让自己的脑海里有了一次空白的记忆，三百片安眠片没有让她死去，只是让她沉睡了一个月。

爱情啊爱情，我一定要爱你，就是要爱你。

相信无论是多少个若干年后，她都不会忘记那一幕。

那一年的夏天，莫名其妙的流行自杀，高一届的师兄，据说为了抗议女朋友和其他男孩子一起去逛街，揣了一瓶红尖庄，爬上了全身是疮痍的三层楼。

蓝竹妡说：“小蹄子，你是不知道，那年头最流行的就是红白尖庄。”

蓝竹妡和苏夏手里拿着2毛钱的小奶糕站在即将倒塌的旧教学楼前，忍着脖子发酸，坚韧地仰望三楼顶的男孩子，看不清楚他的表情，不过能感觉到他的严肃和庄严。

她们周围零散地路过一些漠不关心的大人，小人。

半个小时过去了，小奶糕早就连吃带化的没了，他还是像个雕塑一样庄重的面朝远方，蓝竹妡按耐不住了，冲着他喊，“哥们，你倒是跳啊，反正三楼也死不了，我还能做次活雷峰。”

苏夏没说话，雕塑也没说话。

突然间，蓝竹妡想到，死亡并没什么可怕，可怕的是活着。

像我这样寂寞地活着，暗恋着一个寂寞的爱情。

苏夏还在那里沉默着，蓝竹妡一把拽过她扭头就走，苏夏试图在挣扎着，蓝竹妡只用了一句很坚决的问话，就让她乖乖地不吭声了。

“我决定去自杀，你说怎么死比较舒服。”

苏夏磨破了她那张性感的嘴唇后，长叹一句，“蓝小妡，反正你都要自杀了，那我欠你的五块钱就不用还了吧。”

“你真的是太了解我了，不过放在往常，这句话对我绝对是有很大的阻力的，可惜，这次，蓝竹妡心意已决。”

蓝竹妡说，“小夏，你这样的话，反而让我更是看高了自

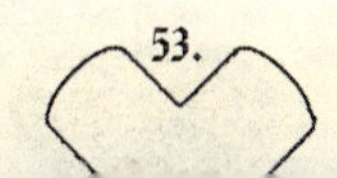

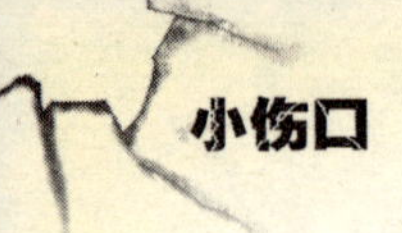

己，也只有我这样的人才会视钱财为粪土。”

人走茶凉，蓝竹妡深沉地感叹一句，正准备挥手答应的时候，忽而一想不对，3块钱还可以在校门口的照相馆去拍三张艺术照片，人死不能复生，美丽却要长存。

蓝竹妡是大方地，这点毋庸置疑，三分钟后她潇洒笑对苏夏说，“宝贝，2块钱就不用还了，算我请你吃饭，一碗麻辣米线还余5毛呢。那3块钱我们去合影吧，以后你要是想我了，还能经常看，要知道美女很难遇到的，不知道我离开你以后，你是不是还能遇到这么赏心悦目的美女呢。”

苏夏翻白眼做呕吐状，蓝竹妡无视她的表情，决定了当然就要执行。

经过了照相馆的那个自以为是的老板一番轰炸，蓝竹妡仍然是意志坚定地说：“3块钱给我拍四张，我免费给你做模特，允许你把我的玉照放大挂在门口当吸引顾客的招牌。”

这就是她，蓝竹妡，一个16岁的年纪，有了61岁的心境。这个世界上，最苍老的不是面容，而是心灵。

多年以后，有人说，你母亲年轻时，她的坚韧远不是你如今的柔软所能相比的，尽管如此，我还是迷恋你柔软的顺从。

“女人天生的顺从是美德。”他们邪笑。

折腾了近两个小时，到了黄昏。蓝竹妡很潇洒地朗诵了一首诗。让苏夏转告给某个她暗恋的人。

今生不能与君携手，愿来世能伴君左右。

苏夏说：“你连死也比较恶心。”

母亲却觉得她在最后的时刻展露了自己的才华，让那些不珍惜的人去后悔吧。

蓝竹妡一口吞下三百片安眠药，准确的说是安定片。

·6·

关于那三百片安定片，苏夏一直在重申一句话，“蓝小妡，你知不知道，我为了你跑了60家药店，开了60张处方，差点累死在路上。所以你千万别浪费了这些安定，不然对不起我的辛苦。”

蓝竹妡一直在研究苏夏所说的浪费是什么意思，包括在喝的时候她还在想，这家伙其实是盼着我赶快升天的，因为2块钱啊，不小的诱惑呢。

天下最毒妇人心啊，这是蓝竹妡懂的第一个道理，也是最后一个，时间是上辈子。

你一定很奇怪，我为什么说是上辈子，因为她已经死过一次了啊，当然没死成，那不代表她没死过。只能说是她重生了，后来的故事都属于她的下辈子了。

一诺有一次和我说，“姐，老妈是个巫婆。”

我没有反对一诺的意思，因为蓝竹妡经常会语出惊人，像个算命神婆一样的预言。

蓝竹妡最后一次非常自信的对苏夏卜卦，是在准备喝药的时候，她说，“我会在三生石上转几圈的，也就是说我要轮回三次，遇到三个男人，才真正成仙。”

一脸的豪气，让苏夏恨不得吃掉她。

“要死赶快死，废话少说，装神弄鬼的。”苏夏还拿出一张

信纸让蓝竹妡多写一封遗书。证明她属于自杀，与他人无关。

多年以后，经过了岁月的沉淀，我想，估计苏夏也不得不承认，蓝竹妡是个巫婆了。因为她确实经历了三个男人之后成仙了，确切的是成精神病了。

当时蓝竹妡瞪了一眼苏夏，一把拽过笔龙飞凤舞的写下自己的大名，她想：其实她就是谋杀，动机就是为了赖掉我的2块钱，以为我不知道，切，不过我大人有大量，不就2块钱吗，无所谓了。

“我要喝药了，你走吧，以后没我的日子，多保重。”蓝竹妡拍拍苏夏的肩膀，然后她们两个装腔作势的流了几滴鳄鱼的眼泪。

喝的时候蓝竹妡才知道，她的选择真是错误，这小小的白色小药片确实难喝，但是仔细想想，苏夏为了那2块钱这么拼命的为自己奔波，她于心不忍，所以一口下去，有了一个安宁的梦境。

醒来后，蓝竹妡自动退学，尽管校园的海报栏上醒目地写着，优秀团干部，蓝竹妡。但是她还是毅然离开了。

蓝竹妡说：“我为自己还是个处女羞耻，因为我亲眼看到我爱的人搂着一个女孩子倒下，那是隔着玻璃的窗户，我看不清楚那张脸，却听到了让我心跳的声音。”

蓝竹妡爱的人叫石季守，对，她的初恋就叫石季守，不过这个石季守不是我的父亲，他只是一个插曲，年轻时候的插曲。

我常常在想，大概后来蓝竹妡在那么多人里选择父亲不单是因为他长的和某一个人相像，还有一个原因是因为他的名字让她想起一段插曲。

女人就是这样的，即使初恋很不堪，也永远缅怀。

24小时前，蓝竹妡站在他面前倔强地昂着头，眼珠子一动也不动地盯着他。

“石季守，我爱你。”

他显然惊呆了，不等他反应过来，蓝竹妡就飞快地褪下她全部的叶子，瞬间房间里充斥着蓝竹妡廉价的香水味，她乞求加命令共同进行。

“石季守，你要我吧。”

他根本无视她的身体，是的，年轻时候的蓝竹妡胸部平平，瘦得几乎没有几斤肉。

石季守微笑着抓过她的衣服塞到她怀里，转身就走。

他说，“蓝小妡，你还小。”

他平静地走了出去，重重地关门声强烈的刺激起了蓝竹妡羞辱的神经，她用一分钟的时间穿好衣服，微笑着走出校门。

在路上，她听到麻雀刺耳的声音，“愚蠢，下贱。”

附近的一家正在装修房子，那么自然的为她提供了发泄的好场所，抓起一大石子她就朝那该死的鸟射击，她说：我不是一个优秀的狙击手，但我会是一个疯狂的猎人。

不幸的是，蓝竹妡打中了不知哪家的小京巴。

一声绝对可以刺穿正常人耳膜的尖叫划破了午后的天空，蓝竹妡看到一个妖艳的女人冲自己而来。她知道，和这样的女人吵架，她必定是处于劣势的，她使出百米冲刺的速度飞速逃离现场，身后是尖刻的漫骂。唯女子与小人难养，蓝竹妡回头看去，女人以非常标准的圆规姿势对着她大喊，可以想象得到，她正把她廉价的唾沫星以高价出售给过往的无辜者。

多事之秋。

·7·

蓝竹妡是一个习惯于用激烈来掩饰寂寞的女子，很多年以前如此，若干年后依然。

走出青蛙的房间，到破旧的公交牌下站定，等待，也只是一盏灯启动的时间。

粗略计算，全部过程是两分三十秒。

她想，我还是应该抬头看一下，他，想必在肮脏的窗帘背后凝望我的离去。三分钟前，他的手掌刚刚与蓝竹妡的身体分手，确切地说是身体的某部分，是他宽大的手掌强吻了她的脸颊。

蓝竹妡安静地说："青蛙，谢谢。"

那里，这里，曾经，现在。蓝竹妡突然感谢起他的冲动，堕入这场毫无头绪的游戏，其实从一开始自己并没有找到起点，延续到现在，也没有终点。

青蛙最擅长的就是每一次伤害了蓝竹妡后，会很快的用几滴假惺惺的眼泪挽留蓝竹妡。

"小桃，我刚才真的是不能自控，我是因为太在乎你了，你别走好吗？"

蓝竹妡这个时候会叹气，尽管她一开始也很坚决："拜托，青蛙，你能不能每次把你的诺言延长到24小时都可以，可是你每次都……"

往往不等她把话说完，青蛙就会紧紧地拥抱着她，然后两个人一起倒在床上，用做爱的姿势来结束僵持的姿态是最好不过的，青蛙把这句话演绎得是淋漓尽致。

狂风暴雨过后，青蛙懒洋洋地躺在床上，点燃一根烟在那里闭上眼睛吞云吐雾，而蓝竹妡则在那里把刚才收拾好的行李再一件一件地拿出来挂在衣柜里。

“何苦呢，你看你，多累啊，每次都这样，大呼小叫地喊着走，最后还不是再把东西拿出来。”青蛙嘲笑她。

蓝竹妡的手一哆嗦，手里掉了一件刚认识青蛙时他给她买的那件20块钱的衣服，钱还是她付的，挂的是他的名。

蓝竹妡忍了忍，但是眼泪还是掉了下来。

青蛙拍拍肚子起身：“老婆，给点钱，我要出去吃饭。”

蓝竹妡没好气地把钱包扔给他，尽量使自己平静下来。

青蛙走出门后，蓝竹妡倒在床上失声大哭，她再一次拨通了苏夏的电话：“苏夏，我想回西安，每次都是这样，我能看到他眼里的泪水，却感觉不到他心底的忏悔。”

对面是很吵的音乐，就听见苏夏尖利的很厉害的声音：“我听不到，回头给你打过去。”

·8·

“他是个无耻的家伙。”这话蓝竹妡不止一次地提起，开始是在生活中给苏夏诉苦，后来则演变到在一些广播里打热线电话，逐渐的她在一个交友热线里认识了一些关心她的朋友，每次大家都对她的故事很感动，同时也为她不值。

“小妡，这样的男人你何必呢，你又不是很爱他。”

“可是，我们已经在一起了啊。”

“唉，结了婚还有离婚的，分了吧。”

“也许我可以改变他的，都这么长时间了，唉。”

每次的结果都是蓝竹妡再次回头。

终于在有一次她又被青蛙气得要死时，在那里讲很长的电话倾诉时，有个人冲着她发火。“蓝小妡，你是真疯还是假傻啊，我们这么多人在关心你，你一点都看不见，可是就偏偏因为那个无赖的一句话让你连生存的勇气都没有。”

“我，我……”

“你根本就是在乎他，原来我们这么多朋友的关心都不及他在你心里的位置。”

“不是的，不是这样的，我只是以为他会变好的，我才……。”每次辩解的时候，蓝竹妡就会发现，原来自己的词汇很匮乏，她不知道该说什么。

后来石骅阗总结过蓝竹妡，他指着她的鼻子说：“你这个女人真的很自恋，你以为全世界的人都会因为你转动，不管你得到还是得不到，你不让自己好过，也不让别人好过。”

的确如此，从小学到现在，蓝竹妡一直坚信物理学上一句话。力的作用是相互的，她自恋的程度的确到了癫狂，如果她不能让别人为了自己痴迷，那么她会采取自虐来惩罚对方。

在记录这些事情的时候，我常常会心痛，因为她让我想起很多年前我一直特别喜欢的一句话：

你在一次一次的受伤中，也毫不吝惜地在伤害你的人面前揭开伤疤，甚至再划上一刀，不能让他心痛，就让他心搐。

曾经我也是这样的疯狂，对沈剑潇。

·9·

那一年的冬天，广州市空前的冷，而且是干燥的冷。

因为家中有事，蓝竹妡在西安待了20多天，一办完事她就赶忙飞往广州。拖着疲惫的身体，顾不上给青蛙电话，一下车就直奔六楼。

敲门，没人开。

蓝竹妡沮丧地自己掏出钥匙，客厅里干净得让人发慌，沙发上却是凌乱的心疼，正准备给他打手机的时候，她听到卧室里有奇怪的声音。

推门，看到的是两个最熟悉的人在做最熟悉的运动。

感到羞耻的是，她看到蓝竹妡的突然出现，他们像卡带的动画定格在那里，蓝竹妡尴尬的发出一声异常平静的声音。

“不好意思，打扰了。”

“你别误会，我们……”女人冲了过来，蓝竹妡笑着推开她。

这还用误会吗？突然觉得她很好玩，自己相处6年的好朋友和她的男人在一张床上，彼此裸体，而且喘息激烈，到了忘我的程度。

“让我别误会，我能误会什么？”

耸耸肩膀，蓝竹妡很潇洒地离开。

女人还在叫喊她的名字，他却自始至终没有说一句话。

我很失败，蓝竹妡对自己感情的终结报告。

我很成功，蓝竹妡对自己做法的综合评价。

我一没哭，二没闹，挥挥手，独自来，独自去。

同学六年，好容易又得知苏夏在广州，蓝竹妡很开心的去找她，结果看到了那一幕……

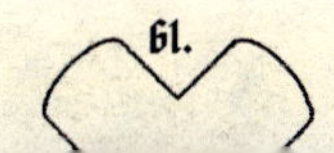

·10·

“我一直以为我很坚强的，至少当时是。然而，我终于在圣诞的夜里一口气喝完一瓶长城后，拨了他的电话，哭泣。”

“你还爱他？”

“不爱，其实只是当时很想他，毕竟在一起那么长时间。”

一句话说了一个小时，重复。

“他一直没吭声，只在最后发了短信说：‘你是那么潇洒的女子，就连背叛也能轻松应对，你坚强的不需要任何人，你也不在乎任何失去，你还会想谁？’”

“或者他们只是一时寂寞，青蛙还是爱你的。”

蓝竹妡仰头：“不知道，我和青蛙之间的从来没有过爱，只是他和我属于两个从来身体都是属于对方的忠诚者而已。”

苏夏不知道该如何和蓝竹妡继续交流，其实她很想说，也许是你自己把爱就那样放纵了，就算青蛙是个骗子，是个混混，但是他也可能会有过一瞬间的爱情。

一个女人切不可太过淡漠，如果一个女人在看到背叛时那么镇定，想必是不爱的，他只是身体背叛了你，可是你心却早背叛了他，你不在乎他。

这样的女人或者是应该不被爱的，苏夏突然就可怜起蓝竹妡来，有可能青蛙对她所做的一切都是她咎由自取，她给了青蛙无数的物质，却并没有给他一个完整的心，所以他也会恨她，所以他会做出一切疯狂的报复。

不爱一个男人，就不要和他发生感情纠葛，男人其实并不全是下半身动物。一个男人很多时候的好与坏取决于他身边女人的态度。

可惜蓝竹妡没有意识到这一点，她仍在喋喋不休地讲述着青蛙对她的残忍。

· 11 ·

蓝竹妡把青蛙赶出了家门。

穿过昏暗的巷子，一路跌跌撞撞地走进楼道，她常常突然就感到一阵恐惧，要是青蛙从身后冲了出来，怎么办?

“蓝竹妡，你要为你的离开负责。”

青蛙怒气冲冲地从房间拎着那个不大的箱子离开时，蓝竹妡曾偷着看过一眼，他眼睛里满是仇视的血丝。

他已经疯了，蓝竹妡说她确定，再次确定。他整夜都没睡，与她纠缠。

箱子是当初蓝竹妡从西安奔向广州带去的，不过她已经不想再去提醒，这个时候，只要他能迅速离开，就是她最大的庆幸。蓝竹妡不能也不敢更不想再去和他算什么旧帐，和他是说不清楚的。

“他有的时候就是个自卑的混帐，可怜又可憎。”蓝竹妡在电话里对苏夏说：“丝毫不想提起我曾经与他同床过，对我来说是个耻辱。”

“蓝竹妡，你别总是这样一出一出的。”苏夏有些无奈。“当初是你决定要改变他的，现在又是你要离开他。”

“他会杀了我的。”青蛙前脚刚一踏出，蓝竹妡就顶着他的脚后跟摔上了门，不住地喘气。

接下来，迅速地搬家，逃离。

这个屋子并没有之前她们在天方小区的房子大，条件也比较简陋，只有一台运行起来声音像拖拉机的窗机，这对于在酷热无比南方城市来说，确实不是一个很好的住所，幸好是冬天，还能凑合。墙壁上的涂料斑驳不堪，唯一的好处是这里到天河比较近，当时蓝竹妡就职的单位就在天河附近，这倒是能让她欣慰一点的。

很多年以后，蓝竹妡说她再次想起来自己每天下班后的心情，只能用一句话来形容，那就是仿佛一个逃犯时刻警备着，因为青蛙的出现总是让她措手不及。

而她的仁慈善良也使得自己总是沦陷在莫名其妙的困境中。

关于当时的生活资金，蓝竹妡做过严密的周算，房租一个月是500，相比房子来说，确实是贵了一些，但是她每月能省下好几百的的士费。（不用像做贼一样怕在公车上遇到他，然后吵架，丢人。）

想起来也觉得她很不容易，自从和青蛙在一起后，她这个从来与经济学绝缘的人，也变得开始研究市场经济的原理。

这些再后来她回到家里和认识石季守的时候，居然成了对方父母的骄傲，因为她从来就不是一个很勤俭的人，却因为这个青蛙变得小心翼翼。

· 12 ·

蓝竹妡带着一身不流血的伤痕回到西安后，有点神经质的在南门附近流窜。

然后她遇到了石骅阗。

她说，她爱这个男人，爱到发疯。

她说，我是主动上的他的床，所以生下了你，你注定是个贱人。既然我不能做一个合格的情人，那我就要培养你从小做一个完美的小情人。

C：死亡罂粟

你欣喜于两颗心的撞击爆发出来的美丽，在心中一遍又一遍的祈祷。

是的，这不是幻影也不是瞬间而是唯一的例外，是真实的永恒。

· 1 ·

蓝竹妡说，妓女出卖的是身体，而我出卖的是灵魂。

我在一次一次的意淫，幻想自己在众多男人的撞击下发出快乐的叫喊，并且无条件的将这一切呈现在读者面前，我一边裸着身体触摸着键盘营造着那种激烈的感觉，一边严肃的构思着如何在文章结尾，优雅地穿上衣服对床上的男人说，游戏就是游戏，输赢的结果不重要，重要的是我们享受的过程。

蓝竹妡说这些话的时候她已经在精神病院了，但是她这句话说得却是很经典。

我还记得当时的场景。蓝竹妡依靠在大门口，她的那些膜拜者，抱着圣经守在蓝竹妡的周围，时不时用他们猥琐的目光剥光我的衣服，让我觉得自己很可怜。

蓝竹妡尖厉的声音是可以刺穿我的耳膜的，总之我身旁的护士说："石湛蓝，你母亲是一个可怕的疯子。"

我有些不悦，看着这个刚刚进来不久的实习护士，我一字一句地告诉她："她不过是一个有暴力倾向的病人，她只是思维太前卫了，精神病不一定是疯子。"

年轻的小护士用不可思议的眼神看着我，也许更多的是悲悯之心，只是，她接下来便不再说话，偶尔再次遇到我时，也只会含蓄地点头微笑，或是远远地便躲开。

我笑，我知道，她一定在想：原来疯子是可以遗传的。

蓝竹妡说："小蹄子，你来了，你卖的钱呢？"

蓝竹妡的话引来了路过的几个医生对我的窃窃私语和怀疑的眼神，的确，我穿的也是有一点个性，我想最重要的是蓝竹妡口中这个"卖"字让人会想起一个不良职业。

明知道她是个精神病，我仍是很较真的给她介绍："妈，你别这么说，你应该问我写的怎么样了？"

蓝竹妡哈哈大笑："小蹄子，你还知道害羞啊，你就是卖，人家卖身，你卖灵魂。哈哈，你这个天生一张情人相的狐狸精，要不是你卖的灵魂我怎么知道你抢走了世上的男人啊。"

蓝竹妡笑着笑着就开始哭，然后冲上来掐住我的脖子："小蹄子，你抢走了男人，你出卖灵魂。"

那一天，我想过与其这样活生生地被她羞辱，索性就那样被她掐死算了。可是，蓝竹妡却昏了过去。

·2·

2005年的深秋，我在护城河边上找到一所面朝钟楼的房子，不上班的时候，我就蜷缩在家里听歌上网。

夜里，我就关上灯，黑漆漆的房间里只有电脑屏幕发着蓝色的荧光，我像一个幽灵一样疯狂的给我QQ里那项叫疼的一栏好友发着视频请求。我像一个无所事事的女人每天骚扰着每个人，一旦有人给我的回复慢一点，我就会觉得绝望，顿时觉得天将要塌下。

我一边绝望，一边冷嘲："从一开始我就以绝望的姿态进行着，我还怕什么绝望。"

一诺来看过，看见我开着视频对一个陌生的人哭的一塌糊涂，他夺过我的摄像头，"啪"地一声摔在地上："姐，你不觉得这样就像让自己成为动物园的猴子，你的一举一动都让对面的人一览无遗，何况你总是找那些不认识的人视频。"

我冷冷地转过头不看他，房间里仅有的光芒除了电脑发出的那点微弱外，就是远处钟楼四周灯火辉煌的映射，就这样，让自己在远处的光芒下黯淡的呼吸，也是一种踏实。

"一诺，你不懂，这是一个女人寻求安全感的方式，他们不是我身边的人，他们不会伤害我，但是他们又是关心我的人，我想要的不是去看他们，我想要的就是让他们看着我，让我知道我在这黑夜里有人陪伴，有一双温暖的眼睛在观望着我，提醒着我，让我觉得不再孤单害怕。"

"那你不如找个男朋友，姐，你这样会心理出问题的，你太自闭了。"

"一诺，我想要的就是有距离的温暖，我不要任何接近，我就想要这样他们远远地爱着我，如同我远远地爱着他，只当是彼此深深相爱。这些我视频对面的人，他们对于我的面孔而言，是陌生的，对于我的心，却是最熟悉的。这些，你不会懂的，你没有爱过，你没有伤过，你不会明白。"

"姐，我爱过，我一直都在爱，你……"

"一诺，你走吧，我想要安静。"

一个月后，我的QQ上多了一个陌生男人，多了一些莫名其妙的对话。

“你叫什么？”

“我。”

“得到一份真感情真的比中六合彩的机率要小很多吗？”

“哦。”

“你讲话很简单啊，永远都是一个字。”

“对。”

“你做什么的？”

“鸡。”

“你，你真是个疯子，我不是一个无聊的男人，只是对你的资料感兴趣而已，没想到你这么作践自己，既然没诚意，再见。”

“谢谢。”

对话结束，我觉得可笑无比，我是那么渴望有个人和我聊天，因为我寂寞，但是我又在有意无意地抵抗着那些主动送上门来的男人。

我希望自己是个天生的狩猎人，所以我需要主动，不要被动。

关于对“我是做鸡”的这个回答，　　我觉得回答得真是巧妙之极，杜拉斯那么经典的说，我不是一个作家，就是一个妓女。我想我不是傻瓜，所以和我聊天的男人是个白痴。我一向喜欢聪明的人，尽管我并不聪明。

我那时的职业是一名文字编辑，闲暇期间为了钱写一些风花雪月，变态的情色文章，很多时候我宁愿让自己相信我是一个专业编故事的，闲暇期间为了生存做一份叫编辑的工作。

我在杂志上用的名字很少有人能想得到是我，白云，很纯洁

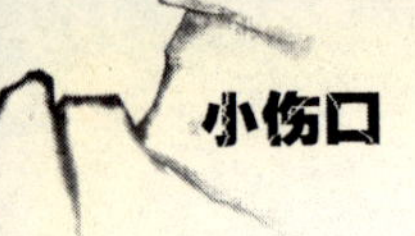

的一个编辑名。晚上的时候，你会看到一个女人穿着黑色的睡衣蹒跚到窗边，看月亮，看星星。

唯独，看不到白云。

我是一个女性期刊的编辑，一个写流俗小说的写手，生活对于我不过是一个生存的素材。

我需要在迷乱的文中用华丽无比的文字讲述一个复杂的故事，点评一场颓靡的爱情，并且在文章结尾处一定是很负责的告诉了读者一个概念。

一定是，爱，若非轰轰烈烈，便是伤痕累累。爱情中间，错的是人，并非本身。

虚伪的女人，我自嘲，谁要是告诉我，爱没有错，我一定会说，花痴才相信。

当你看到这里的时候，一定会骂我太不自重，很可惜，一开始我就提到过，我是个百分之百的情人胚子，哪里有做情人还庄重的？

· 3 ·

我是一个没有面对责任的懦弱者，每每在我失落的时候，我便咬牙切齿地诅咒：今天这一切都是一诺惹的祸，如果不是他，我想现在大约我就是一个疯疯癫癫的，如同自己的母亲一样没心没肺，至少我不会这样撕心裂肺地站在漆黑的夜里独自惆怅。

有的画面一旦经过就永远会定格，即使在很长一段时间的我，依然清晰记得。

那天，是一切的开始，一个可笑又可悲的开始。

30平米的空间，墙壁被我刷成一堵疼痛的防火墙，忧郁的蓝色混合着狰狞的大红色，偶尔有遗漏的空白地方被我用黑色的油漆重重地打上了感叹号，这就是属于我的世界，我就坐在红色复仇的欲望圆圈里，在电脑上敲打一篇有可能值钱却与我思想无关的文字。

“姐，医生说了，红色会严重刺激人的大脑，长期对电脑也很容易伤害神经，你本来就极端，一天到晚还对着个电脑坐在像血一样的可怕空间里，这样下去，小心你会精神分裂。”

“我喜欢这种另类的空间，让我有激情。你快闭嘴吧，我不分裂，都被你唠叨得分裂了，快走，快走，让我把这个口水文写完，等着拿钱给你小子过生日呢。”

“姐，我……”一诺还要继续罗嗦，蓝竹妡尖利的声音就打断了他，也把我的心脏几乎吼出来。

“石一诺，你给我滚出来……”

我回头看着一诺：“你把老虎惹了？”

“啊？恩？怎么了吗？”一诺一脸迷茫地冲我摇头，看样子他也不清楚，我跟着他一起从房间搭拉着拖鞋走出来，莫名其妙地看着站在客厅双手叉在腰里像个圆规一样浓妆艳抹的蓝竹妡。

“你看，你看看，这就是你昨天给我取回来的礼服吗？”蓝竹妡冲到一诺面前开始张牙舞爪地咆哮。

我这才注意到蓝竹妡的衣服领子超级低，低到只要个子比她高的人一低眼就可以看到她的肌肤，确切的是乳沟。没办法，蓝竹妡只有1米58的身高，那么比她矮的客人几乎是没有的。

今天可是父亲的大喜日子，他辛苦了一辈子，居然临到头混

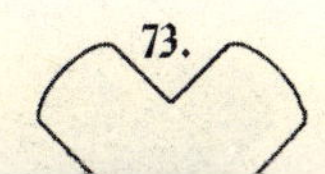

了个厂长，多不容易啊，所以大宴宾客，蓝竹妡更是容光焕发，早半个月就订做了一件旗袍，一反常态对石季守先生温柔体贴。

结果该死的石一诺居然拿错了衣服，刚开始蓝竹妡并没责怪他，反而安慰说："没关系，不过旗袍也可以穿的，老妈虽然年龄大了，身材还是一级棒的。"

透露下，这个时候蓝竹妡已经四十出头了。

"哈哈哈哈……"一诺也意识到了什么，开始狂笑，"老妈，怎么说我也这么帅，你怎么能让我滚出来呢，滚出来的姿势多不优美，你舍得让你的宝贝帅儿子丢丑啊。"

"少贫嘴，你这个不长记性的混帐东西，你看看，我今天怎么出去见人。"

"老妈，你在我眼里永远是最美的，穿什么都好看。"

一诺绝对是个会说话的家伙，我经常会想，要是说他流的是父亲的血吧，石季守老实巴交的，肯定不可能，可是如果他流的是母亲的血，那为什么我没他那么能说呢。

一诺一句话说得蓝竹妡心花怒放，就不再追究了，专心在那里研究如何把那个低领用配饰弥补下。

如果就这样，一切也就结束了，然而，一诺是个多么喜欢表现的男孩，而灾难永远是降临在多嘴的人身上。

正所谓，言多必失。

一诺转身的时候又随口拍了一次错误的马屁："老妈啊，你的美名真是扬四方啊，昨天我们场子里来了一个老男人，看上去年轻时候是个帅哥，盯着我看了大半天，说我长的真是帅，还问我是不是你的儿子，估计是你的追求者吧。"

"他认识我？"

蓝竹妡跳了起来，一把掐住了一诺的脖子，

我在一旁差点吓傻，因为我猜到了，巧合永远是邪门的，千方百计想逃避的总归是要面对的，一诺说得那个男人就是我的爸爸。

· 4 ·

那个时候一诺只有18岁，就跑去夜总会做主管，据说是当时最年轻最帅气的主管，迷倒一大片的公主。

当然这些都是一诺自己说的，每次一诺只要一提起自己长得帅，蓝竹妡就会使出她的杀手锏……

“帅吗？很帅吗？真的帅吗？帅又怎么了，还不是没智商，投胎到我的肚子里，所以说帅是不能当饭吃的，所以……”

“天呢，老妈，你杀了我吧。”

通常一诺会捂着耳朵狼嚎而破门。

可是这一次，蓝竹妡居然是掐住了他的脖子大吼：“你不许告诉他你是我的儿子，你告诉他，我只有一个女儿，叫石湛蓝。”

“可是，老妈，我明明就是你的儿子。”一诺一边用力从蓝竹妡的魔爪中挣脱朝旁边闪，一边不解地揉着被蓝竹妡掐得发红的脖子嘟囔。

蓝竹妡听了他的话，更是像一只发疯的猴子，上窜下跳，气急败坏地抄起一把笤帚就朝一诺身上打：“你这个混帐东西，还犟嘴。我告诉你，我蓝竹妡只承认那个小狐狸精是我的女儿。”

听听，听听，这个就是我的母亲，一边深究我是她的女儿，一边诅咒我是狐狸精。

我在一旁冷笑："蓝竹妡，你怎么不说我是杂种啊，那样你不是更爽一些。"

蓝竹妡猛地停下了脚步，身体晃了几下，手里的笤帚落在地上，杵在原地发呆，嘴唇微微蠕动，却没有发出声音。

一诺趁机逃跑，并使眼色让我逃跑。我依旧冷笑，已经20岁的成年人了，我要为自己所说的话负责，我冷冷地望着蓝竹妡。

"你真的是我的母亲吗？你只不过是用我来惩罚那个不爱你的男人而已。"

蓝竹妡深深地看了我一眼，依然没有说话，转身进了自己的卧室，重重地关上了门，之后，我听到房间里传出很大声的摇滚乐。

她转身的时候，我看到了她眼角悄然落下的一滴泪，她为什么落泪？我一直没有想明白。

·5·

蓝竹妡说："你去，去一诺上班的地方，找他。"

蓝竹妡说："不要放过任何与那个男人有痕迹的过程。"

我斜靠在大厅的沙发上，眼睛眯成一条线，不怀好意地打量着过来过去的顾客以及服务生。午夜的音乐回荡在这个暧昧的夜总会上空，此刻我知道，我确实像个不良妇女。

外贸店里刚刚淘来的镂空吊带以及眼睛上烟熏色的妩媚，足

以使得让路过的男子注目，点燃香烟，我能嗅到他在不远处的气息，我更为放肆地翘起二郎腿，暗红色的长指甲在空中画着圈。

我从不等待猎物自己上钩，我会瞄准了直接捕获。

他叫小齐，貌似比我小一岁，1米78的身高，健康肤色，有点像黄晓明。介绍他的人是这样给我做答的，突然我就想起了：小黄。有点像旺财的味道，我哈哈大笑，不羁的笑容是会引来他的关注，这点我当然了解。做为一个女人，当然清楚在这样的夜里如何运用放肆与放纵，暧昧永远是诱惑的致命玩家，我要的不单只是暧昧。

“如果你只是玩玩，我介绍你们认识，如果你认真，你还是算了……”夜总会的经理经过我身边时，一只眼睛在我身上巡视，一只眼睛在空中飘荡，他忧心忡忡，我乐不开支。

在关于风骚这点上，我绝对是继承了蓝竹妡的优良传统。

绝不放过任何一个吸引自己的猎物。

“看看再说。”我这样回答他，然后起身朝小齐那里走去，女人的性感是要在行走时才能绽露的，我们面对的空间是30平米，在这样一个距离范畴内，男人凝视一个迎面而来的女人腰与胯之间的距离是最为兴奋的，荷尔蒙分泌出来的引诱胜过所有神经亢奋后的直接沟通。

“小黄，我在想象你的手放在我腰间，或者我的手放在你腹部时会是什么过程。”一只手按在他的肩膀，另一只手沿着他的脖子慢慢探下，他的喉结时而抽紧，一个结实让我想起九月的大红柿子的男人，我哈哈大笑。侧身转到他面前，舌尖企图在他脸颊留下一些痕迹。

他面无表情，也没有拒绝，死死地盯着我，我突然就手足无

措，只有一些寂寞夹杂着酸楚幻化成片段慢慢静止。

他像一个人，像蓝竹妡叙述的那个人，那么冷静，冷静的让另一个人义无返顾地焚身。

我那时22岁，不大也不小的年龄，我总是习惯用沧桑来形容我脸上那些脂粉。大概十年后，我才会不施粉黛，即使是在拉丁音乐无休止疯狂的夜晚，宴会上的女人们都学着做霓虹灯下最闪亮的水晶，我却只要做墙角寂寞的一颗。

可是现在，我必须要完成我的使命。

开启，只是为了黎明前迎接他一个冰冷而激烈的喘息，那一年，在他寄居的只有一张床的简陋屋子里，我见证了一个女人最原始的转变祭奠。

小齐让我再次遇到了亦薇。

· 6 ·

她，很不小心的抢了我的父亲，我呢，很不小心的夺了她的男朋友，不同的是她是无心的，我是有意的。

这是一场命中注定的抢和毫无预谋的夺，结果却是一样的。

两个女人之间如果有一个男人牵线认识的话，那么这两个女人就算是朋友也是各怀鬼胎，可是两个女人因为两个男人而走在一起，并且关系复杂到牵扯了亲情，这两个女人肯定是无话不谈，可以达到死党的地步。

就这样一个错综复杂的抢夺里，我和苏亦薇的关系就到了这一步，她所有的秘密我都知道，我所有的隐私她都清楚。

事情到底是怎么一回事呢?

后来，有一天，我试图这样来表现，在一个风雨交加的夜里，我和亦薇去喝咖啡，结果就不小心的碰到了我那深刻的记忆……

那是我遇到小齐的第三夜，我们的唇上满患着酒精味儿，几乎宣泄了所有的郁积，在彼此唇上烙下最惨烈灼热的狂吻。我们把沉重湿漉的气息滞留在床上、地上、沙发上，直把唇间的疯狂在激荡的颤栗中虚脱。在几乎疯狂的宣泄中，在昏沉中，我却发现了，那个塞满欲望的池沼，散发着激动的流淌，像什么植物要蓬勃萌生，但是却无法生长。

我的眼前始终飘忽着太多人的影子，男人的，女人的，让我一方面陷入贪婪的欲望，一方面架空逃离的轩辕。

电话一直在响，没有人理会，此刻我想做的就是堕落，他想做的就是让堕落无法不堕落。

我们努力的迎合对方，却始终无法交融，小齐倒在床上，发出狼一样的嚎叫，我听到一声男人绝望的震动。

“湛蓝，我是怎么了？出什么症状了？”

我深情地看着这个帅气的小伙子，阴冷的月光从窗户斜斜地射穿进来，我依稀可以看到他挫败的瞳孔里同时流露着不安，惶恐，是的，我竟然看到了惶恐，不仅仅是来自身体的惶恐。

或者，他和我一样，不能左右的不光光是身体，还有思想。

“亲爱的，你很好，什么症状都没有，你就是有点累了，好好休息下，明天就会好的。”我像搂着一个吮吸乳汁的婴儿一样，将小齐的头放在我怀里，深深埋葬。

将一个男人埋葬在一个女人的心里，是一件很可怕的事情，

因为我的心里没有他，但是我却要给他一个安息的墓碑。我想，我要的就是让他死在我心里。

亦薇是从天而降的。

就那样抱着小齐在黑暗中静静的像等待昙花开放一样，我们一直没有再说话，等待是一个巨大的葬礼，牺牲着每个人的呼吸，直到礼炮响起的时刻，葬礼才会预告开始或者结束。

我听到了一声叹息，低低的，轻轻的，从客厅的角落传出，那声叹息无奈中又带着欣慰，嘲讽中又带着释然。

我慢慢地下了床，蹑手蹑脚地溜到客厅，“啪”地一声打开灯，她的背影安静的让人心痛，长长的白色连衣裙裹着瘦削的身体，看上去随时都会晕倒，她转过身对我轻轻的笑，我还没反应过来这个长相如此柔媚的女子是谁时。

她和我身后的小齐同时开口了。

“姐姐。”

“亦薇。”

我笑了，这个世界还真的是小啊。

·7·

这是我第二次见到亦薇，她说：“姐姐，我开始画油画了。”

岩石，海水，海苔。

碧绿，深绿，暗绿。

这些是所有出现在亦薇画中的生命体和无生命体，她习惯性地靠在黑暗里看那些路过的人，有匆匆不屑而过，也有故作深沉的，更有静驻不动的。

亦薇的眼神也是不动的，那个静静站在画前的人不是别人，正是小齐。

小齐是亦薇的男朋友。

亦薇说："姐姐，小齐不爱我了，他爱的人是你。"

我想走过去，双腿却不听使唤，她就那样静静地看着他，看他微微的侧脸，看他忧伤的姿态。亦薇常常觉得小齐是忧伤的，包括他拥着她的时候，眼神里透露出的是一种无法言喻的疼痛。

亦薇说，姐姐，我已经是凋零的花，而你，石湛蓝正是那新鲜的海苔。

我哈哈大笑："傻丫头，姐姐肯定比你老了，你才是新鲜的，新鲜的像一汪永远静谧的清泉，不激烈的奔流，却缓缓地前行。亦薇，其实我多羡慕你肤如凝脂的美貌和干干净净的身体。"

亦薇恶狠狠地攥着画笔，重重地在那幅鬼魅样的海苔女人画上打了一个血红色的叉，顿时从女人的脸到胸脯分割成了几小块狰狞的地图，每个地图都是一张精致的樱桃小嘴，从嘴角流出源源不断的血，斜扬上去30度的位置，像在自嘲，又像在倾诉。

亦薇从我身后环抱着我的腰，头枕着我的背，她的温度瞬时冻结了我的身体，那么冰，那么凉，像冷藏多年的雪莲盛开，让我迷恋于这渗透心的冷欲罢不能，她呓语，声音震动着我的身体，顺着我的脉络肌肉，传达到我的耳朵。

"姐，苍老的永远不是年龄，而是心。"

我突然就发现其实亦薇比我更适合做蓝竹妡的女儿，她们内

心有着一样的坚韧，一样的疯狂冷静，决绝与伤害，我也具有，却远远不如她们的干脆。

我仿佛看到在海底十一米处，有一个恍惚的影子在抽搐，她的眼泪开始在身体里流动，却不滴下。

亦薇的画室在八楼，她说，她喜欢这个高度，这样远远地可以看见地平线上的海面。说话时，她的眼前总是飘动着一朵暗紫色的花，盛开，再凋谢。而事实上站在八楼阳台上，除了能看到川流不息的蚂蚁车辆以及层次不齐的楼层外，什么也看不到。

我知道，亦薇爱小齐。一个女人若是真爱了，便不哭不闹，将所有的宽容全部释放，欢喜着他的好，隐忍着他的坏，甚至自以为是的将他拱手让给属于他的幸福。

真爱就是这样无私，然而，真爱的结果就是无情。

因为，我抢走了小齐。

亦薇说："姐姐，只要你要，只要我有。"

亦薇一直很安静，有的时候她也许像我的姐姐。

就像我们的第一次相识，她安静地在我的噩梦里寻找仙侣奇缘，幻化一个美妙的魔鬼世界，她单纯地爱着小齐，爱着我，所以她要把自己拥有的每一份同样分给甚至是送给她最爱的人们。

可惜，我不爱小齐，谁都知道，小齐自己也清楚。

· 8 ·

忘记是谁说过的，有时候丢掉涵养也是一种解脱，比如选择发酒疯，当然最好是清醒的酒疯，不能让自己喝得不省人事。

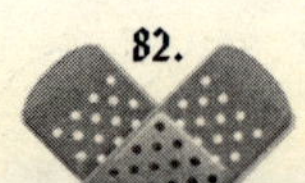

我天生就是一个很好的演员，我经常这样认为，没有人比我的酒疯发的更好了。

发疯的画面我不想再回忆，只是回忆时让我有些窃喜，我那么肆无忌惮的将爆米花砸到那个女人和那个男人身上，看他生气又不好发作的表情，看她甩手而去他的尴尬，那几个小时大约是我20多年来最为轻松的时段。

尽管，我的头还在隐隐作痛。

一诺说："姐，你绝对疯了，你为了沈剑潇喝醉，给小齐打什么电话啊。"

我神秘地冲着他笑，"你知道不，小齐昨天给我打了三个小时电话，有半个小时是在受我的折磨，因为我一直在呕吐，哈哈，他说他三天都不想吃饭了。"

一诺并没有被我的话逗乐，他死死地盯着我，"小齐的电话给我。"

"做什么？"

"给我，少废话，我已经被你搞的很无奈了，我给你说，快点。"

我一边嘟囔，一边给他找电话号码，因为我知道就算我不给他，他也能从亦薇那里得到，我何苦再被他训斥。

可是我心里却有点慌乱，我自己也搞不清楚，于是我又开始口齿不清地在那里叮咛，他在无法制止我的罗嗦时，使出了最后一招，"再废话，以后我不帮你给老妈撒谎了。"

闭嘴，我很自觉的。

我怕一诺给小齐说太多的话，我不爱他，却暂时不想失去他。

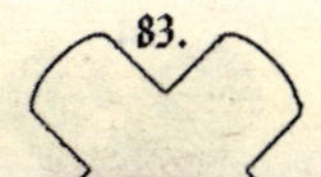

一诺扬长而去，我心里七上八下的看着时间，准备赶在小齐起床后的第一分钟给他打电话。

蓝竹妡突然进了我的屋子，她盯着我足足看了五分钟后，冷冷地问了我一个问题，你到底爱谁？

我也搞不清楚了，我一直以为有了小齐后，我已经将沈剑潇不当回事了，因为我不再像以前那样宠他，总是莫名其妙地大发雷霆，可是昨天我居然因为他带了一个女人出现在我面前而失态，搞得酒吧所有的人都给我行注目礼。

“姐，你真的很——丢人。”一诺曾经不止一次地冲着我怒吼。

“我只是太爱他了。”

“那小齐呢？”

“我不爱他，他自己比我更清楚，何况他原本就不是我的男人，他只是我的棋子而已。”

“姐，你真的那么愿意落入妈为你布置的情人陷阱里吗？”

“一诺，我是一个贪婪的人，知道吗？我不但迷恋上幸福，也舍不得陷阱的刺激。”

·9·

“你这样因为他而失态，代表什么？”小齐略显悲哀地眯起双眼斜着看我。

“是的，我是一个贪婪的孩子，有了奢侈还要怀念往事。”

我突然感到眼角的湿润，慢慢地站了起来，走出房间擦了擦眼睛，再次进去的时候，我看见小齐坐在电脑桌前，电脑桌是沈剑潇三年前买的，后来居然跟随我跑了三个城市，我一直没舍得扔掉，实际上每次搬家到一个城市所花的搬运费早超过了这张桌子的成本，只是有些皱褶是永远抚不平的，好比沈剑潇，也算一种记忆。

桌子还在，人却已逝。

不想让小齐看到我的异样，趁他不注意从他身后绕了过去，抓起他的手放在我胸前，笑，“我要你。”

以前，我也是这样面对着一个男人，他总是目不转睛地望着我发言。

“龙卷风来临的时候，一定要记得保护好你的肌肤，因为这是你唯一的资本。我对一个女人说，你可以没姿色，但是你不能没身材，你可以没身材，但是一定要有满足他欲望的肌肤。”

我迎合着他的目光，身体像午夜的昙花迅速展开，当他观赏完毕后，再以凋谢的姿态沉默。昙花只有一现，我却有无数次，只要他要，我就开放。

那个男人有一个名字叫沈剑潇。

可是现在我身上的男人叫小齐。

我想，我要的恐怕不止这些。

眩晕一次一次的袭击大脑，仿佛一场无实物的铜管秀，紧贴着他的身体，我像无骨的蛇缠绕着他，企图让他窒息，我狎意地咋舌，诱惑他一次一次的过线。仍然还是在看他疲惫的疼痛时，我不忍了……

我慢慢从他的身上松开，在他尚来不及调整呼吸的时候，我考虑到底要不要离开。

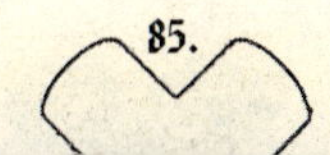

“小齐，对不起，我不爱你。”

“我要你只不过是因为你是亦薇的男人，就是如此，我只是想要她不快乐。”

·10·

蓝竹妡并不满意我抢了亦薇男朋友的功劳。

她不屑地看着我，“石骅阗那个不是东西的男人，苏夏自己都找不到他，你以为你泡走他女儿的男人，他就会出现吗？”

我没有说话，而是在脑子里盘算着我该如何将小齐还给亦薇。在这一场一场的游戏中，亦薇是无辜的，不能被牵连进来。

至少，她是我的妹妹。

“石湛蓝，老娘说话，你听到没，在那里给我装什么酷。从老娘肚子里生出来的，还想给我玩花招啊。明天，你给我听好了，明天就去南门给我该干什么干什么去，别以为自己有点姿色就能迷恋小白脸。”

蓝竹妡再一次踢了我一脚，她的尖头皮鞋踢在我光着的小腿上，立刻就破了皮。

我跳了起来：“蓝竹妡，20多年了，你一直以我的母亲自居，可是你什么时候真正的行使过一个做母亲的责任了，羞辱我就是你的责任吗？如果生下我就是你的功劳，那么我还给你，好不好。”

蓝竹妡显然没有料到我能如此愤怒，她张大着嘴不说话。

我瞪了她一眼：“蓝竹妡，你放心，你要我做的事情我会做到的，我也很想见到我那个没眼光的父亲，当年也不知道怎么搞的，居然能把你的肚子搞大。”

后半句话我的声音很小，蓝竹妡应该是听不到的。

我并不是可怜或者害怕蓝竹妡，我愿意继续去南门为蓝竹妡蹲点的原因在于，我还在想着沈剑潇。

我爱沈剑潇，不亚于蓝竹妡爱石骅阗。在疯爱的比赛中，我和我的母亲是有过之而无不及。

D：苍白的语言

没有语言能力的人不必倾听谎言。信赖谎言，没有语言能力的人不必为冰凉的语言所伤害。

· 1 ·

青鸟，你头上的那片天空开始下雪了吗？

罗敷，我早上起来听到你的歌声了。

凌晨一点，苏亦薇爬在床上，用双肘做支点，做俯卧撑的姿势想念一个男孩，然后莫名其妙地想作诗，结果出来的就是两句莫名其妙的问答。

某一天的中午，她走在西安的大街上，从小寨走到了陕师大门口，摸了摸口袋，仅有的一块钱，在那个男孩的目光下上了603路公交车。

亦薇踩着并不轻盈的步子直奔二层，然后做在车头靠窗的位置，看着窗外。

他直勾勾地盯着她的背影，也扑向二层，非常幸运，还有个空位，也是靠窗，只不过他们的位置成对角线形状，她斜靠在座位上，看着对面的窗外，与他同一个方向。

很快，她用了将近20分钟的时间走过的距离就结束了，快到小寨的时候，她故意动了动，他连忙站起来，正想做个雷锋，顺便把位置让给旁边一个一直喊着要找靠窗的妇女，却看见她只晃了晃，又没了反应。

“不好意思，我又不下了。”他抱歉地冲那位眼巴巴的妇女微笑，接着理所当然地坐下，继续观察。

她的背影，很……

她回过头也冲他抱歉地笑了笑。

“亦薇，帮我把睡衣拿一下，我洗好了。”突然有个声音很刺耳地响起，是小齐，亦薇迅速趴起来，用一分钟的时间从床头拿起一件天蓝色的男式睡衣冲向浴室，并在经过床头镜的时候瞄了一眼。

她脸上真的是有抱歉的微笑，而且很诚恳。

没错，那个故事就是亦薇与小齐的故事。

下车的时候，小齐依然一句不吭地跟着亦薇走。无可厚非，亦薇是欢喜的，可是亦薇又是失落的，因为这样地无尽头地走下去到底哪里是终点呢?

从小寨到陕师大，来来回回，亦薇带领着小齐走了几趟，她有些不开心了。

“你干吗一直跟着我？”

“我想认识你。”

“那你干吗不和我说话。”

“我在等你问我，然后我告诉你，我喜欢你。”

亦薇笑了，小齐看呆了。

她一笑可真是好看啊，浅浅的酒窝，无辜的大眼睛瞬间就能变成一瓣含情脉脉的杏花，她的嘴角微微向上扯起，喉咙里发出性感的声音。

“我带你回家。”

亦薇在大街上捡到了小齐，就把他带回了家，过程不过三个

小时。

苏夏说，这一切完全拜我所赐，她说自从亦薇小时见过我一次后，就刻骨铭心的将狐狸精几个字迷恋到底，时刻想体验做人情人的感觉。

苏夏还说：这个苏亦薇一点都不像我的女儿，她更像是蓝竹妡的一脉。

· 2 ·

沿着125级的青石板台阶，一直朝前，就可以看到卖酸奶的老太。

牵着小齐的手，踩着青石板快乐地走过了三年大学时光。最喜欢的就是闭着眼睛边走边数，数到125时就睁眼，常常却不是多走一步，就是少走一步，不过这并不影响心情。亦薇喜欢的只是被小齐牵手的感觉，最后连卖酸奶的老太一看见她，也会乐呵呵地说，“丫头，又数错了吧。”然后递给她两个酸奶，通常都是一个微酸，一个微甜。

微酸的那个当然是亦薇的了，喜欢那种凉凉酸酸的感觉，像爱情慢慢地渗进心里。亦薇不只一次地告诉小齐：“对我来说，酸奶就是最美的饮料。”

亦薇以为爱情应该是在平凡的故事中逐渐华丽的，尽管她与小齐的一开始其实已经宏伟无比，不到三个小时的时间，不到三十句的对白，她就放弃了淑女的矜持，带他回了家。

苏夏说：“亦薇，你还在想你那个没良心的父亲？”

亦薇没有说话，她一边安静地梳理着自己的长发，一边回忆着小齐的微笑。

那真是一张年轻的微笑啊，有一些父亲有的英俊，有一些父亲没有的帅气。岁月总是会不留情的在一些人的脸上或者身上烙下一些这样或者那样的痕迹，可是小齐似乎永远都是那么年轻。

只是这样的年轻却不属于自己。亦薇有的时候觉得自己很失败，她极力的让自己做到放肆，却达不到放纵。

小齐说："亦薇，我不爱你，我爱遇断。"

"遇断不是现实中的人，她只是一个小说里的人物。"亦薇盯着小齐一字一句地说，而一转身，她的泪水落下，她希望自己是遇断。

一分钟前，亦薇拿着一本书狂笑，她给他看，作者在记录山洞里的男女做爱，亦薇大声地朗读着那段明显挑逗意义的文字，却又做出抗拒的姿态来推诿他的吮吸。

刺眼的白光灯照射在亦薇的身上，小齐在她的身上搜寻，亦薇眯起眼睛，看他大汗淋淋的张皇，无辜的睫毛沮丧地下垂，她拉起他的手放在自己肌肤如雪的胸前，牵引着他慢慢抚摸，下滑。

亦薇在这醉人的欲火中愈焚愈烈，身体扭动出旖旎的麻花，微启红唇，发出呓语，"齐，我爱你。"

而她正准备接受澎湃的浪涛时，她听到他无助的长嚎："亦薇，我不行啊。"

亦薇知道无法继续下去，因为她真的不是遇断，她做不到拯救男人。

亦薇给小齐说："有一个叫遇断的女孩，她的一个微笑，一个眼神，都会让对方出轨，她能拯救一切死亡的性欲，让他们重新

膨胀，四处游移。”

“而我，却连自己的恋人，都无法拯救。”

小齐说：“亦薇，你纯洁的眼睛让我觉得有罪恶感，我无法进行下去。”

亦薇黯然：“我宁可我是遇断。”

·3·

小齐说：“她是遇断。是的，我爱她。”

亦薇叹了一口气：“如果她能让你快乐，你爱她吧。”

亦薇对我说：“姐姐，我宁愿我是你，我宁愿我是遇断，那是一个多么张扬任性，却又聪明玲珑的女子。能得到自己爱的人，也能拥有爱自己的人。姐姐，我是一个错误。”

我打开窗，此时，是午夜，从26楼的高度望下去，夜幕像一张偌大的渔网笼罩着沉睡的人们，笼罩的不只是人们的身体，还有欲望。人只有在睡梦的时候才会放轻一切，肆意地在自己想象的世界里天真。

玻璃碎了会有丁零的声响，心碎了却只是默默的，即使淌着弥天的血，也是在不可示人的暗处。

亦薇蜷缩起来，像只猫一样依偎在我怀里，她的唇上下抖动着，却发不出声音。

我一只手在她身上轻拍着，另一只手在自己的眼睛周围揉搓着，我想我是可以忍住不流泪的。

我是石湛蓝，一个拿着爱情当馒头吃的女子，一个拿着生命当故事的女子，一个拿着良心当废物的女子。

蓝竹妡说：“石湛蓝，你的骨子里天生是多情的，不，多情对于你说太客气了，你是风骚的。你不折不扣的是个贱人，你抢了别人的饭，搞了别人的男人，你还要假惺惺地给人家说，亲爱的，对不起，我上错了床。”

我看着亦薇，她，是我父亲的另一个女儿，身体里流的和我一样的血液。可是我们的遭遇却是如此的不同，亦薇从小受着良好的教育，穿着名牌服饰，而我却是穿着从外贸店淘来的尾货在蓝竹妡的漫骂羞辱下顽强的生存着。

亦薇像一个美丽的盆景，而我只是那野地里最卑微的狗尾巴草。

我低头看亦薇，她已经熟睡，我突然就生出一股怨恨，有种想掐死她的欲望。想着，我的手就不自觉的在亦薇的脖子上游移着，身体里仿佛有一种莫名其妙的力量支配着我，我听到一个声音在我骨头里铮铮做响。

石湛蓝，如果别人在你身上创了一个伤，你一定要抽出她一根骨头。如果这个人喝了你的血，你就在自己的身体里注入毒液，毒死她。如果有人和你共同享有太多的东西，可是她拥有的比你更理直气壮，那么毁灭她。

我的牙齿开始张牙舞爪的呜咽，午夜罂粟的舌头在我喉咙里叫嚣，意识在冰天雪地里封闭了所有火山可能爆发的可能性，我的手指纠缠着凶残的狼心，我的脑子里满满是一只狼与羊皮的对话。如果我不能使我的敌人恨我，那么我其实是一个失败的挑战者，所以我更要毁灭她。

亦薇就是这样的，她能面对我的无耻一笑而过，甚至再拱手

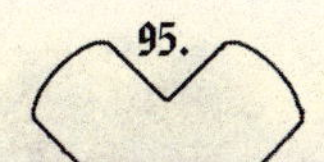

送上她更珍贵的礼物，她说："姐姐，只要你要，只要我有。"

我的手在不知不觉中弄疼了她。"哦，亲爱的，对不起，我不知道我在做什么。"

我用最最不真诚的笑容对亦薇讲话，可是她一脸无辜的看着我："姐姐，天已经好晚了，你怎么还不休息呢？"

没有任何预兆，我一个巴掌打在亦薇的脸上，我骂她："苏亦薇，你这个地道的狐狸精，你以为你自己是谁，你以为用你无辜的眼睛看着我，我就会原谅你吗？不会，你的出生就是让我不能原谅的事情，你才是真正的贱人，你没出生就抢走别人的父亲，你三个小时就把男人带回家。我恨你，我告诉你，我刚才就是要掐死你，掐死你，你明白吗？你这个贱人，愚蠢到极点的连做人情人的资格都没有。"

亦薇的眼睛从惊愕变到无力，后来变成一只雨蝶，是的，她是一只羽化了的蝴蝶，可是断翼了，她还没起飞就被我凶残的折断。

她依然轻轻地和我说话，她卷起自己的袖子，亮出她血淋淋的胳膊给我看，她的声音带着颤抖，却又很冷静："姐姐，我知道，我是个贱人，从我七岁看见你的时候，我就幻想自己可以做谁的狐狸精，那是一个很美妙的字眼，不是吗？可是我为什么连个成功的狐狸精都做不到呢，我爱他，我可以在身体上刻下他的名字，可是我仍然不是他爱的女人。姐姐，我羡慕你，我羡慕你可以是他的遇断。"

我愣了一下，为她的坚韧，也为她的疯狂，是的，亦薇其实是一个疯狂在骨子里的女子，她不过是用冷静的姿态在演绎野兽的故事。

这个世界上最残忍的不是你告诉一个人他生来残疾，而是告诉他，他原本是可以美丽的，而你故意制造了他的残疾。

我哈哈大笑，慢条斯理地褪下我的衣服，在空荡荡的房间里给亦薇展示着我的胴体，从我最原始的激烈回应着她羞涩的渴求："看到了吗？这样，只有这样的身体才可以拯救男人。什么遇断，都是骗人的，我就是石湛蓝。我就是这样晾开的自己，让小齐顺利的进入，我们是那么轻易的就融为一体，那是一种境界。苏亦薇，你身体的柔软度远不如你的性格来的自然，所以你注定失去。"

我发出性感的呻吟，从眼角看亦薇痛苦的瘫软在地上。

在我整理好衣服出门的时候，我说："亦薇，还有一点，我想告诉你的是，我不爱小齐，一点都不爱，他不过是我的工具，棋子。"

·4·

亦薇说，试离婚是她知道的第一个关于婚姻的名词，也是那个名词让她对婚姻有了排斥，有了恐惧和叛逆的心理。

那个时候，亦薇只有五岁，她听到蓝竹妡和苏夏的对话。

蓝竹妡说："苏夏，她身体里流的是你们石家的血，你们必须做她的监护人，那个小贱人我看着就来气，我决定还是把她扔给你们。"

苏夏面无表情："我们试离婚了，什么石家的血，他到现在连亦薇的姓都坚持用苏家的，你们的孽种和我没关系。"

蓝竹妡冷笑而去。

亦薇却记下了那段话，长大后她问起过苏夏，试离婚是什么意思。

苏夏将石骅阗临走时留下的一纸废话扔给亦薇看，她告诉亦薇："那个叫蓝竹妡的是一个贱人，但是是你母亲的好朋友，那个叫石湛蓝的是一个小贱人，可是你自己的亲姐姐。亦薇啊，你这一生注定与这两个女人是逃不开的，你的命有些悲伤，如果是这样，我一开始就不应该让你出生，给了你生命，却不能给你良好的生存空间，你的母亲是一个悲剧的开始。"

关于所有的那些亦薇并不关心，她关心的是那个名词，原来婚姻中也有尝试的说法。

亦薇看到过石骅阗关于试离婚一说的经典狡辩，后来她一直铭记在心。

她说："父亲是个聪明的男人，也是一个奸诈的男人。"

石骅阗说："婚姻是一座坟墓，这个是既定事实，没有人否定过，但是每个人在一开始爱情的时候却都在朝这个坟墓靠近，坟墓本身是压抑的，可是坟墓上的墓碑却总是华丽的，于是为了那墓碑，仍然有很多人自知而不自知的前赴后继。"

进了坟墓后的人无非有两种，一种是就此认命，另一种则是怨天尤人，恨不得使了全身的力去顶开这坟墓。不能说坟墓里真的不好，但是长期缺乏新鲜空气的郁闷必然使得很多人惊羡于墓外的风景。

人是自私的，也是贪婪的，一方面他想拼了命地去呼吸，另一方面却又舍不下墓内的难得摆设与舒适。聪明的人就想出了一个点子，挂着名去偷欢。

试离婚成了成全这种心思的最好形式，确实从道德伦理上来说，这样应该是一种不负责任的行为；可是从美学上来说，这样也不失为一种好方法。

从来都有，小别胜新婚，或者距离产生美等等的话，虽然不是很大同却也有小同之处。分开会让你更远距离地去观察这个人，以旁观者的姿态去评价这个婚姻，若是觉得新鲜空气更适合自己的生存，必然离婚是成功的。而若是感觉到外面花香太杂太乱，咖啡与酒并不适合自己长期饮用，不如沉闷一些，守着家里那棵枯树喝喝茶也是一种享受，那么回头尚可以。而且经过这样的周折，会更加密两个人的亲近系数。

类似的，在此之前也曾流行过试婚，两者是一个概念。

凡事都有弊端，但是不能因为它的弊端就否定它的优点，尽管可能试离婚会给一部分人钻了偷欢的空子，但从负责的角度来说，如果两个人真的有了隔阂，却又不清楚到底是分还是合的矛盾时，不妨试离婚，彼此给个空间，让隔阂消失，眷恋起对方的好。反而成了婚姻的润滑剂。

最后，他说：“小夏，我们试离婚吧。”

这一试，就是二十多年，再也没有人见到过他。

· 5 ·

一个男人与一个女人，与其说是要爱，还不如说是要做爱。与其说是要做爱，还不如说是要在做爱中寻找变态。

亦薇决定寻找一个人去让自己变态，她叫他那平。

她认识他的时候，知道他有一个女朋友，一只美丽的蝴蝶。可是她见到他时，他说："蝴蝶死了。"

"蝴蝶是怎么死的？"亦薇问那平。

黑暗中，她的双瞳灼灼，燃着妖异的青火。那平不敢直视她的眼睛，抬头仰望满天繁星。

"你不是已经知道了。"他的回答淡漠，如同从鼻腔喷出的烟圈。

他们站在顶层的天台上，冷冷地对峙着。到了夏季最后的一段日子，虽然白天的太阳还能故做强悍，但此刻夜色如水，不免渗透出几分寒意。

三天前，蝴蝶俯卧在这栋楼前的血泊中，面容平静，四肢舒展得近乎夸张，细瓷般的皮肤刺眼的白，飞溅的鲜血刺眼的红，像一幅对比鲜明却支离破碎的抽象画。她穿着一件碎花棉裙，腰际间系着一朵硕大而精美的蝴蝶结，飘带未散开，低垂着仿佛一对萎缩的蝶翼。

亦薇多么希望那飘带是真正的翅膀，可以载着蝴蝶自由地在空中飞翔。但是人类的肉躯如此沉重，纵使轻盈如蝴蝶这样的女子，终不免被自身的重量压得灰飞烟灭。

蝴蝶是从顶层坠楼而死的，在凌晨一两点。她没有任何挣扎的痕迹，也未服用药物。法医已下结论：死因是自杀。她留下了两封遗书，是通过邮局寄出去的。一封在那平的手里，一封在亦薇的手里。那平，是蝴蝶的男友。亦薇，是那平的女友。

亦薇一开始是不喜欢那平的，从看到他的第一眼开始。那平的发型梳理得一丝不苟，身上散发着草本植物提炼的香水的味道。他是那种典型的衣冠楚楚的白领男士，连一双不起眼的棉袜也要到COTTONSHOP专卖店去购买。

可是那平高大英俊，气质优雅，笑起来很阳光，实在说不出他招人讨厌的地方。每当他和蝴蝶走在街上，回头率几乎是百分之两百，因为看了的人往往会忍不住再回头瞧一眼。他们确实特别的出色，特别的和谐，宛若童话故事中的王子与公主。

但是，亦薇觉得那平过分的干净，干净得好像一堵刚刷过白漆的墙。他很巧妙地运用这层保护色来转移别人的视线，至于墙的里面是否有霉斑、划伤或其他不可告人的东西，多数人不会去考虑。

蝴蝶更不会去考虑，她是个单纯的女孩，爱笑爱哭，爱看卡通片，大部分时间还生活在幻想里。蝴蝶从小在儿童福利院里长大。蝴蝶常常把自己的幻想讲给那平听，她说自己的父母是被迫流亡的国王和王后，等局势稳定下来，他们就会来接我！

她讲得很肯定："到时候，我一定带你一起走，我要让你继承父亲的王位。"

那平觉得蝴蝶像天使："天使是没有头脑的，哪怕她再会读书。"

夜风里飘荡着若有若无的香气，即使到了这种时刻，那平也不会忘记喷洒他的香水。亦薇皱了皱眉头，看得出那平为了这次见面，是精心装扮过的。但是到了今天，亦薇才发现那平是吸烟的，而且烟瘾很大。以前从没看过他抽烟的样子。

那平一直回避着亦薇的目光，他不知道为什么怕她。从第一次见面，他就注意到这个女孩的眼睛特别的锐利，有着超乎寻常的洞察力。亦薇的眼神始终是冷冷的，他欣赏她，她拥有大型猫科动物的气质——优雅、聪明、残酷，他本能的感觉到她是自己的同

类；他可能还有点儿喜欢她，如果说蝴蝶是《天鹅湖》里清纯美丽的奥杰塔公主，亦薇就是黑天鹅阿黛尔——那个神秘妖艳的魔女。

只不过，魔女爱的是白天鹅，而不是像他这样的黑马王子。何况在她眼里，他只是个冒牌的王子。那平对亦薇有强烈的征服欲，他甚至认为自己拥有蝴蝶，是为了向亦薇示威。但是，一旦碰到她尖锐如刀的眼神，那些欲望就不堪一击了。

“蝴蝶死之前，你有没有见过她？”亦薇再度发问，打破了尴尬的沉默。

“我最后一次见她，是在那天中午。我跟她提出分手。”那平的烟头一明一灭，手指冰凉。

那天傍晚，蝴蝶穿着一身皱巴巴的睡衣趴在床上，死命地用枕头压住自己的脸，无声地抽泣着。她已经哭了一个下午，眼睛红肿，失去往日的神采。那平想给她一点安慰，却无能为力，一个人不爱一个人的时候是说不出安慰的话来的。

蝴蝶哭累了，沉沉睡去。那平替她盖好被子，又为她烧好开水，准备了一碗速食面和一包撕开了口的榨菜，就出门了。

那平去一家颇具规模的夜总会里听钢琴曲，演奏的高潮期正是蝴蝶飞坠而下的时刻。

“蝴蝶穿着你送她的裙子，她为你而穿。”亦薇眼里的火焰再度燃起，“可你却说中午以后就没见过她？”

“蝴蝶爱美，她只想死得漂漂亮亮。”那平的眼睛湿润了，他扔掉手中的烟蒂，又匆忙划亮打火机，点上新的一支烟。在袅袅清烟中，那平仿佛又看到那个穿着碎花裙子旋舞并欢笑的女孩儿。蝴蝶真的很美，可惜太脆弱。

亦薇盯着眼前这个黯然神伤的清俊男子，不由生出几分怜悯。不管他是否无辜，此时此刻，他的痛苦应该是真实的。蝴蝶的善良、蝴蝶的美丽让所有接触她的人都不会无动于衷。但是正因为如此，她的计划一定要实施。

“你露了马脚。”亦薇脸上浮出诡异的笑容。“在她死前，你跟她在一起。”

“为什么？”那平垂下头，仍然不去看亦薇的脸，他的声音略微有些颤抖。

“因为那个蝴蝶结。你帮她系了蝴蝶结。”亦薇用纤细的手指在空气中勾出了展翼飞翔的蝴蝶的形状。好象魔咒一般，那平的眼睛定定地看着那只并不存在的蝴蝶，身体僵住了。

“那平，帮我系上蝴蝶结好吗？”蝴蝶背对着他，腰间垂着两条长长的飘带，他看不到她的表情。那平走上前，抚摸着她纤细而微微颤抖的腰枝，轻轻的在她雪白的后颈上吻了一下……

那平陷入了那天晚上的回忆：蝴蝶在月光下格外的皎洁和美丽，瓷娃娃般易碎的娇弱和无助，几乎让他不忍心下手。

只要不触犯到他的利益，那平对谁都可以温文尔雅。但是一旦击中他的要害，他就会像猛兽一样反扑。哪怕她是蝴蝶。那平最爱的人始终是他自己，不管他有没有意识到。再多的蝴蝶也只能是他人生道路上绚丽而淡薄的风景。

那平的行动是迅速的，当蝴蝶哭着跑出去时，他首先想到的是：亦薇马上要来到自己的身边，他必须在此之前办妥一切。

那天晚上，那平将一切都测算得很好，他把蝴蝶约到了楼顶，他们曾经相偎望月的地方。他尽力地表演着，向蝴蝶忏悔，承认自己昏了头，说要跟蝴蝶重新开始。蝴蝶穿着那件他为她买的碎

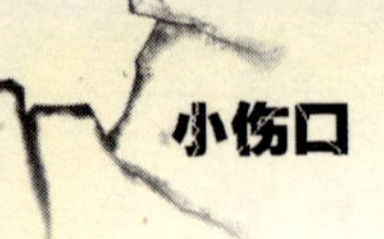

花连衣裙，化了淡妆，看上去很美。但看不出欣喜或忧伤。他跟她讲了很多话，很多自己都觉得很假的话。蝴蝶只是淡淡的看着他，不作声。

她唯一的请求就是让那平帮她系上蝴蝶结。然后，她站在没有护栏的边缘地带，展开双臂，说：“那平，过来。”这是他们以前经常做的一个动作，模仿《泰坦尼克号》里的浪漫情节，那个迎风飞翔的动作。

那平觉得蝴蝶其实是他的同谋，也许她早就意料到他的目的。他走上前，双手扶着她的腰……几乎在同时，不知是他先用力，还是蝴蝶先纵身一跃。蝴蝶在夜色中做了最后的舞蹈。虽然背对着他，他还是感到蝴蝶冲他笑了，为什么是那样的笑容?

“不过，她不是你杀死的。”亦薇打断了他的遐想。那平一回神，在亦薇脸上看到了他想象中的蝴蝶最后的微笑，不由打了一个寒战。

“她留下了遗书。”亦薇用手指夹着一张纸片儿摆了摆。

那平松了一口气，还好他想得周全。他临摹了蝴蝶的笔迹，伪造了两封遗书。甚至模仿了她的奇怪签名：一只飞舞的小蝴蝶儿。她总是不肯好好写上自己的名字，而是用画的。多么的孩子气！这个细节，精明如亦薇也被瞒过去了。

亦薇叹气：“那平，其实蝴蝶至少还是蝴蝶，你错过了蝴蝶，得到的不过是一只毛毛虫。”

每一个女孩子只为她最心爱的人变成蝴蝶。在此之前，她是一只娇憨的毛毛虫，那个幸运或不幸的男人永远不知道。

那平以为自己得到了亦薇，他却不知道其实是亦薇得到了她。

当亦薇看到小齐搂着石湛蓝时，她就嗅到了血腥的味道。果然，她的蝴蝶已被残酷的肢解。

从此，亦薇就是一只毛毛虫，残忍的毛毛虫，钻进每个人的心里，用牺牲自己来达到成全牺牲。

亦薇说："那平，既然没了蝴蝶，我们做爱吧。"

·6·

亦薇以为变态是可以促使人成长的，她以为变态也是做完美情人的一种形式体现。比如，明明是一双清澈无比的眼睛，你非要让它死命地盯着一只苍蝇发骚，或者望着天花板上的大蜘蛛说，哦，亲爱的，让我亲吻你的脚指头吧。

传说有印度的女王认为最尊贵的赏赐就是让人亲吻她的脚指头，可惜，这里不是印度，也不是女王与客人的关系。

是一个美丽的女子与野兽的交易。

亦薇的脸苍白得没有血色，她的手一直哆嗦着，她看到苏夏愤怒的脸和石湛蓝嘲弄的表情，包括小齐一副痛恨加无奈的神情。

你问我伤心吗？我说不伤心，那是真的。

可是我悲哀，我为自己的愚蠢或者是自己的聪明而感到悲哀。

她的眸子在说话，在众人的注视下，从眼睛里跳到地上，然后再钻进去，无比认真，无比坚韧地说："你们望着我想做什么，我不过是和他来一场身体的交流。"

屋子里的所有人都不说话，她的话像炸弹，定时的。

针在不停地走动着，滴答，滴答，一分仿佛一秒，一秒仿佛一时。走着，静着，突然，苏夏一声尖厉的声音划破了这种冷静，也碰到了炸弹的线。

苏夏冲向的是牵着小齐手的石湛蓝，她以一个斗牛士的姿态急速地朝着石湛蓝冲刺，无论是身形的精妙还是愤怒的扭曲，都足以让你在一瞬间清晰阅读出一个快四十的老女人疯狂时的挣扎，是的，这一刻她唯一的想法就是在石湛蓝的身上搞出一个隆重的仪式。

“石湛蓝，你还是人吗？你还是个女人吗？你在蓝竹妡那里学会了残酷，还学会了什么？私奔，你怎么不和小齐私奔，你怎么不去把自己彻底地交付给这个男人，或者你怎么不去让自己彻底的在男人的身下完整的盛开呢。”

“你……”苏夏突然失声了，她的声音被小齐的手臂硬梆梆地顶了回去。

没有人注意到小齐是什么时候出手的，大家反应过来的时候，小齐的手就放在苏夏的脖子上：“苏阿姨，请注意自己的行为。”

亦薇目不转睛地看着这一切，笑，她开始裂开嘴笑，嘴唇轻轻扯动，身体微微地抖动着，猛然间她的手在自己的脸上扇了重重的一下：“这样，你们满意了吗？”

“妈妈，哦，亲爱的妈妈，我只是想爱一次，用身体爱一次，你不要责怪别人。好吗？”

“姐姐，我不怪你，都是我的错，我不该出生的。可是我不能对不起妈妈，她生下了我，我就要报答她。”

“那我就死一次，再复活。”

“这样算吗？”

亦薇的话还没说完，她的嘴里就渗出了血，然后她微笑地倒在那平怀里：“那平，我知道，你从来都不爱我，蝴蝶是你杀的，可是你不是为了我，你是为了她……”

“亦薇！”

所有的人都同时喊出了这个让人第一时间想起萧瑟秋风的名字，然后这个女子就真的如同秋风一样倒下，散开。

更多的血是从亦薇的身下流出来的。

那平的脸色白一阵，红一阵，突然他大哭起来，冲着石湛蓝喊了一句：“湛蓝，她是你的妹妹啊，你怎么能这样对她。”

·7·

有一段时间了。

亦薇病了，病得很厉害，她几乎辨不清身边的所有事物。身体的疼痛和心口的疼痛联合起来折磨着亦薇。她有些思想混乱。

刚从医院回来的时候，那平似乎还有些良心不安，象征性的探望过她几次，后来便只是在电话里敷衍了事的关心，现在，居然可以十几天不露面，也不打电话。亦薇有些怀疑自己所谓的牺牲到底起了什么作用。

小雪那天，就是24个节气中的小雪，大概是那个冬天最冷的一天吧，按说还没到时候，可是那天的确很冷。亦薇病了，而且病得很厉害。她不能动身，不能开口，甚至不能呼吸。亦薇似乎已经

看到死神在向自己招手。她唯一能做的也想做的就是让大脑不停地去运转。试图找出记忆里一些完整的情节。

这个时候，她需要的是那平的柔情。

尽管她爱的人也不是那平，是小齐，可是她却为了那平重生。

然而，那平却失踪了，就在小雪那天，突然在这个世界蒸发了。

那平爱石湛蓝，这个事实在亦薇没倒下之前她就知道了。

“那平也是姐姐的一颗棋子，一个情人，对吗？”

亦薇微笑着在进入手术室的时候，她回头看了一眼石湛蓝，她的脸上苍白的没有血色。“原来我们真的是姐妹，因为你在乎着我。”

“姐姐，有你的在乎，我就够了。”

擦肩而过是一种美丽，因为有期待，有憧憬在里面。

我来了，她走了，我走了，他来了。

故事展开后的不停错过却是疼痛，因为有遗憾，有想法。

去医院的时候，是那平陪同亦薇去的，这多少给了她些安慰。亦薇很紧张也很害怕，那平紧握着她的手：“没事的，几分钟就好了。”

医院人很多，排了好长的队，那平说自己有个熟人可以不用排队，他让亦薇在那里等着，自己一个人去了，亦薇心里乱乱的，也许这里很多人的故事和自己一样，只不过每个人的心里不一样。有的是心甘情愿的，有的也许是无奈的，自己呢？亦薇不知道自己是属于前者还是属于后者。

过了一会，那平回来了，他拉着亦薇匆匆地直接走进诊断室，身后传来质疑的唏嘘声，那个医生很温和，也很慈祥，做了很多诊断后又问了亦薇一些话，然后让亦薇先出去，和那平单独谈了一会，那平出来时的脸色很难看，亦薇心里咯噔一下，就问他：“有什么不对吗？”

他勉强地笑了一下：“没事。”

手术真的很快，几分钟就完了。不过亦薇仍受不了那揪心的痛，一时还不能下地，医生说：“那是正常反应，休息一会就好了。”那位医生真的是很温和，就连数落人的话也说的很温和：“好好的偏要做掉，不知道没有孩子的女人不是一个完整的女人啊。”

亦薇忍住心里的悲伤，淡淡一笑：“以后还有机会嘛。”

医生转过头看着亦薇，半天后才很奇怪的说：“他没给你说？你以后不能怀孕了。”

亦薇想起那平那难看的脸色，她好像明白了什么，医生还在喋喋不休地说着，可是亦薇什么也听不进去了。

那平的失踪和他的出现永远都是一个谜。

·8·

那平说：“湛蓝，你到底还要怎么样，她是你的妹妹啊。”

石湛蓝不说话，是的，她一直没说话，她只是在思考。

我把自己变成另一个自己，试图毁灭所有让我疼痛过的人，却创造了我的另一份感情。我把以前的自己固执地管在梦里，不想遇到你，你轻松的就可以进入我的梦境，肆意的与她相见。

她说："其实我也在乎她，可是注定的东西无法改变，或者这样也好，做一个坚强的情人远比她做一个妩媚的女人来得容易，来得轻松。"

亦薇依然微笑："姐姐，还记得小时候你给我讲述的那个梦吗？好美。是不是我就在你的梦中啊。"

石湛蓝紧闭着双眼，她想起梦里她不停的对一个女子的身影说：那一世，我是你百千追逐的梦，这一次，你成了我心底最深的痛。

石湛蓝松开小齐的手："我放你走，我不爱你，你走。"

亦薇却挣扎的将他们的手拉过去，放在一起，亦薇的声音苍白，脸色苍白，语言也是那么苍白："姐姐，以前他不是我的，现在他是你的。"

那平搂着亦薇，愤怒地看着我："湛蓝，你已经需要去看心理医生了，在你母亲的诱导下，你已经和她一样是一个变态的女人了。"

我曾经说，那平，蓝竹妡的骨头里全是谎言。

E：怒放，怒放

崩溃的边缘，保险丝再次滋滋燃烧。

枷锁卸下，你投入新一轮的燃烧。

·1·

“蓝竹妡的精神病因是从产妇忧郁症引发而来的。”

桑小楼出现的时候，我几乎怀疑她就是苏亦薇换了一个名字出现的，一样的干净，狐媚，却又纯真，安静。

桑小楼是我的心理咨询师，年轻的让我根本无法接受她是一个资深的心理医生，当然，如果不是她的年轻，我是不会轻易接受她的治疗。

亦薇经历了那平事件后，突然失语了，甚至失忆。

桑小楼说亦薇这是在强迫自己去遗忘一些不愉快的事情，不需要治疗，只需要时间，因为亦薇的眼睛是看的见的，她还有辨别能力。

相反，带亦薇去诊所的我却被留下了。

因为桑小楼说了一句话，她居然说的不是我，而是蓝竹妡。她的年轻与她的睿智让我敬佩，我一直坚信自己也还是年轻的，尽管偶尔我会怀疑自己苍老的心态，但是我愿意和年轻的女子为友。

“蓝竹妡为什么会忧郁呢？就因为她在生我的时候我的父亲不在场吗？”

桑小楼看了我一眼，用年轻的眼睛发出一丝成熟的微笑：“有的时候不到时间，你是想象不到事情是有很多变动的，比如她的忧郁，也许会有让你惊喜或者惊慌的原因。”

桑小楼说的很含糊，我听的也很糊涂，但是我没再追问。

小齐说：“一个丫头知道什么，湛蓝，你别听她乱说那些和你母亲一样胡言乱语的预言，你很正常，也很健康。”

我没有理会小齐，在湿漉漉的空气里抓了一把疼痛的因子扔在小齐面前，看着一些若有若无的疼痛因子漫无目的的相互碰撞，我的眼睛就溺出了一首诗，来不及体会诗的味道，泪水就残忍地歼灭了所有能被感动的细节。

小齐奇怪地看着我：“湛蓝，你在想什么？”

我看了他一眼，没有说话，勉强挤出一丝笑容，抓起他的手快速离去，心却留在了桑小楼那里。

我要以一个当事人的身份去旁观一些东西，不是吗？

·2·

我恶毒地对小齐说：“我可从来没爱过你，现在我也几乎不喜欢你了。”看着小齐的脸在晨光里一点点地由青转红，像一张沁了油渍的牛皮纸，我心里有小小的内疚，更多的却是隐隐的痛快，似乎一说出来，就终于解脱了。

我说的是真话，尽管他和我在一起快半年了，每天晚上他还习惯地抱着我亲了又亲，中午都发短信问我吃了什么，晚上我在隔壁上网他不敢敲门，就用QQ一遍遍问我要不要喝咖啡吃点心……可是这都让我烦，这不死不活不阴不阳地纠缠，这卑微的姿态只能让我同情。

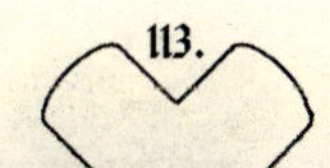

女人是不能对男人同情的，我要的爱，势必是搀杂着崇拜和仰视，所以，我不爱小齐，我不明白我为什么和他在一起那么长时间，也许是因为寂寞。

不，我是在逃避，我在逃避我无法面对沈剑潇的爱。

沈剑潇失踪了多少天，我不知道，我只知道我再去半垮吉他的时候，所有的人都奇怪地注视着我，然后说："湛蓝，我们少了贝司手。"

我先是愕然，然后冷笑："没了老板的你们，不是更自在。"

我审视着酒吧里的每一个人，他们的脸上或者写了真诚，或者写了嘲弄，或者写了不屑，又或者写了冷漠。

我的脸上只写了两个字：怀疑。

蓝竹妡得知了这个消息的第一反应是："小蹄子，该忙什么去忙什么吧。"她的脸上写满了讥笑，一个人认为自己做不到的事情别人做到了，纯属是奇迹，既然是奇迹，就肯定会有漏洞，漏洞出来时候，这个人就会以一副早已洞悉一切的笑容来宽慰别人，以此来证明自己的先见之明。蓝竹妡就是这样一个人，她一直认为我是迟早被人甩的下贱胚子。

其实，从某种意义来说，是我先甩了沈剑潇。

我抢了亦薇的男朋友，我用小齐报复了很多人，包括沈剑潇。

那天，我贴着小齐的脸对沈剑潇微笑，我说："潇叔叔，这是我男朋友。"

沈剑潇愣了一下，转而就乐呵呵的说："好啊，湛蓝，今天叔叔请客，想喝什么就喝什么，想吃什么就吃什么。"

我咬着小齐的耳朵亲昵地问他："亲爱的，你要什么？"

眼角的余光掠过沈剑潇的五官，冷漠的能冻僵一头牛的舌头，他嘴角微微扯动了几下，冲新来的小服务生哼出一句："8号桌的所有消费免单。"

我得意地对着小齐茫然的脸发出胜利的讯号。

而沈剑潇，却转身消失了。

原来即便是在科技如此发达的今天，想要消失也简单的要命，我还来不及品尝出沈剑潇给我送过来的果盘是酸的还是甜的，视线里就没有了他。

小齐只是我的棋子，他从来不自知。

小齐说："湛蓝，我爱你。"

可是我，从来都没有爱过小齐，甚至连尝试过都没有。

是的。事情就是这样的。

我恶毒地对小齐说："我可从来没爱过你，现在我也几乎不喜欢你了。"看着小齐的脸在晨光里一点点地由青转红，像一张沁了油渍的牛皮纸，我心里有小小的内疚，更多的却是隐隐的痛快，似乎一说出来，就终于解脱了。

有的时候，我就这样没有预兆的开始残忍，尽管每次结果都是他沉默，我收回我的内疚，我依然乐此不疲地玩这个真心话的游戏。

像是在冒险，却又不算险，因为我内心里确实在期待着他能一跃而起，很大声地告诉我，石湛蓝，你有什么了不起，不就不爱我吗？

这样的游戏玩了大约有很多次了吧。

小齐想必也该勃起了吧。

我看到他手背上的青筋一根一根地抖动，应该不是我的错觉。

“难道我对你不好吗？”小齐突然，不，是终于可怜地逼出这句话。

我一听到后，恨不得冲上去煽他两巴掌，然后我很大声地嚷：“好啊！好得很呢！可是我的初夜男人也是被你气走的。”

小齐低了头，不再说话，以前他还会偶尔感叹地说：“湛蓝，为什么你把每个爱你的男人都当成棋子。”

后来便是沉默了，长久的沉默，永远的沉默。

如这段阴郁的感情。

是的，后来便是沉默了，长久的沉默，永远的沉默，残酷的沉默。

如这段阴郁的感情。

沈剑潇说:“湛蓝，这个世界里我最爱的和最不能爱的是同一个人，这个世界里我最恨的和最无法恨的也是同一个人，而这个世界上我最想说的和最不想说的话也是给同一个人的同一句话。是的，就是这么多相同，你是不是觉得很难理解，那就不要多想了，当我从来不曾出现过在你生命里吧，别问我为什么，因为我不会告诉你为什么，假如能够告诉你为什么，我想我就不会有那么多痛苦，我是一个男人，一个苍老的男人，请允许我拥有太多的秘密。”

秘密。

我背对着他嚼口香糖，嚼的腮帮子疼，自然而然的眼泪就流了下来，我爬在26层楼的阳台上大笑，一边笑一边擦眼泪。

我说：“沈剑潇，我被你逗死了，你在说什么啊，真是无聊啊，你看，我听你的话都差点把口香糖吞下去。你是不是准备改行说相声啊，绕口令一样的唧唧歪歪，你再啰嗦，我就从楼上跳下去了。”

沈剑潇叹了一口气，双手伸进了我的衣服，我的乳房被他一把的冰冷就坠入了黑暗，找不到方向，然后湿润了膨胀的心。

在沈剑潇忧愁的进攻下，我一点一点地掩藏了我是石湛蓝的事实，石湛蓝是一个带有使命的执行者，而我只是一个想被他溶化的女人。

我们有同样的秘密。

每个人都有着太多的秘密。

每个秘密都不想让人知道。

想了解秘密的人永远都不会有想守住秘密的人痛苦。

沈剑潇于我，便是不能说的秘密。

那样的天，那样的夜。

浴室里永远都是湿漉漉的，我也永远都是湿漉漉的，赤裸裸在偌大的房子里晃荡，从卧室到客厅进进出出。

我疯狂地想着沈剑潇，那个总是斜靠在沙发吊儿郎当的男人，烟是自燃的，眼神挂在屏幕里性感的身体上，全然无视我的存在。

很多人警告过我，沈剑潇是个魔鬼男人，可是我还是上了他的床，第一步就注定了我的悲剧。

女人遇到魔鬼，总是自以为自己可以感化他，可以使魔鬼长出一双洁白的翅膀，她却忽略了，魔鬼之所以是魔鬼，那就是长出翅膀也不会是天使，最大程度只能是幻化成一个鸟人，或者是会飞的魔鬼。

沈剑潇就是我注定不能感化的魔鬼。

至于小齐。

小齐是我的棋子，是的，就是这样的。

在某一个适当的时空，他曾是我寂寞的安慰，我告诉过他，爱情是短暂的，也许只有肌肤之亲的感觉才能抵抗生命的寂寞和空虚。我需要的是和不同的男人取暖，因为做爱是最深刻的安慰。

每个夜里，我们会安静的对话。

“湛蓝，你爱我吗？”

“我爱你在我身体里燃烧的声音，我爱你像花开的时候热辣辣的阳光，我爱那些我们做爱时候的血腥。”

“湛蓝，除了激情，我们还有什么？”

“还有，这样梦呓般的高潮。”

这样的对话，像是一场lomo电影的对白。

身体是我们居住的森林，影子在迷雾里寻找着阴郁的真实。

小齐和我之间没有爱情，我只承诺给他取暖的誓言，每次沈剑潇的名字出现时，我看见小齐的眼里闪过一丝纠缠，他的手指反复地交织着做出不同的颤抖，眼睛一点一点的沉淀着情愫。

他说，这个男人真是个魔鬼。

我吹着刚刚涂上的黑色指甲油，等着晾干，纤葱的指尖滑过小齐帅气却不精致的脸，淡笑。不是不屑，是不愿意看到小齐眼底的迷茫，怕这样的取暖演变成牵挂。终究，我还是爱着沈剑潇。

· 3 ·

我仰头喝下一瓶科罗娜。

眼前桌子上已经横七竖八地堆满了瓶子。从沈剑潇毫无任何疑问的溃败后，我只能在酒吧里放纵自己，用酒精和药丸来磨灭一切的过往。

看似走地潇洒的我其实受不得任何伤害，装做若无其事的人，往往是因为自己过度的脆弱。

“石湛蓝，你疯了是不是？”醉眼迷离中，我看清楚了那个喊我的男人，是他，我狂笑，在嘈杂的音乐中让周围的人诧异的回首看向我这里。

我说：“沈剑潇，你不是失踪了吗？你怎么又回来了。”

沈剑潇夺过我手中的酒，放在桌子上，脸色很难看的看着我。

“湛蓝，我是一个老男人了，我给不了你想要的，我们注定是一场错误。我也有女人，甚至我有女儿，我离开她们也是背负了很多内疚的，她们也很可怜。”

我看他一眼，想从他的手里夺那个瓶子，瓶子却被他攥的紧紧的，纹丝不动。

“她可怜，那么我呢？我只不过想征服一个男人，却没有丝毫的机会去实现自己的想法。”我笑着，松开了抓住酒瓶的手，从桌子下面把我要的酒一瓶一瓶的拿出来，摆在桌子上，然后告诉沈剑潇：“你走，我不想要你的解释，你去弥补你的妻子和女儿，去吧！”

“但征服我的人是你。”沈剑潇的声音低沉，眼睛雪亮的盯着我。

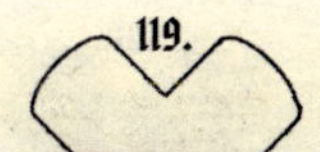

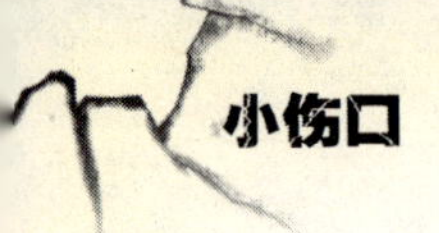

我摇摇头，笑出了眼泪。

“那你要我怎么做，叫你叔叔吗？沈剑潇，哦，不，叔叔。我真的征服了你吗？如果是，为什么要放开我，如果不是，为什么要说这样的话来欺骗我。”

“湛蓝，我真的给不了你什么？”

“我什么都不要，我不索取的，我原本就不是一个喜欢向男人索取的女人，何况是我爱的男人。”

“占着车位不停车，不好。你其实可以活得更开心的，你有那么多人喜欢你，那么多人追求你。”

“哈，叔叔，你这算什么，算是对自己没自信，还是对我没信心呢？有的地方本不是车位，所以即使不停车也是空着的，喜欢我的人是很多，可是又有什么关系，喜欢你的人也很多啊，如果我的出现其实对你而言就是索取的话，我消失。叔叔，我不想你累。可是如果我消失你会难过的话，我又该怎么办，我也不想难过。”

沈剑潇疼爱的看着我，他的手慢慢地在我的腰里缠绵着，是的，就是这样：“湛蓝，你累了，叔叔也累了。我们注定是错误的，我一直在强调顺其自然，可是事情已经到了我无法掌控的时候。”

我抱着沈剑潇开始发疯，我们先是痛哭，然后沉默，最后两个人像对诗一样呓语。

“当我还是青春年少的时候，我就知道苍老敌不过沧桑，心伤莫过于心衰。如今我依然青春。却不再年少，我更明白了，沧桑不过沧海。叔叔，我一直以为爱是自己心里的天平，我可以称可以量，却忽略了筹码不是我的执著，筹码是来自你能承受的外力。如果，你思考的只是你爱不爱我，我尚可以等待，可以隐忍。可是你思考的是你要不要爱我，能不能爱我，我选择的只有离开。我可以背水一战，却无法让自己看到你四面楚歌。”

“好吧，那就这样吧，叔叔，从今天起，你是我的叔叔。”

“湛蓝，我也曾爱过，我明白选择是一件多么痛苦的事情，可是我真的无法给予你。我见到她了，我再次看到她，我想，都是我当年的懦弱使得她今天的憔悴。”

如果说恋人分手时的对话是华丽又悲哀的，那么我与沈剑潇的对话则是比那种华丽更隆重的悲哀。

我们的话题从自己引到了他的妻女，最近竟然是落在了他的初恋女人身上，我没有追问沈剑潇关于那个女人的任何故事，我只听到他说，我与那个女人有着同样的狂野。

那一刻，我竟然是有些欢喜的，这个世界上原来除了我与蓝竹妡，还存在一个坚韧的强悍者。

“给我支烟吧，叔叔。”

熟稔地点燃沈剑潇僵硬地递过来的柔软的烟，在烟雾缭绕中，我依稀能听见灵魂嚎叫的声音。女人在爱情面前，变得跟瞎子一样的见不着天空真实的颜色。我想象我会是沈剑潇的终点。

有句话说的好，男人总喜欢自己是女人的开始，而女人总希望自己是男人的结束。搬进沈剑潇的房子我才发现，其实守候的只是我一个人。

空荡荡地屋子里常常是我安静地听着音乐，然后像个自恋的女人抚摩着自己的身体，沈剑潇的身上总是有不同女人的香水味，和不同颜色的头发。我不是一个会闹的女人，我以为自己很聪明，除了安静地等待他回家，疯狂地和他缠绵，更多的时候我会在日记里写道：沈，希望你不要让我看到那样的头发。

的确，我用自己的聪明刺激了他，我用小齐的出现满足了自己的报复，同时也让沈剑潇看到他内心深处的自己。

他爱上了我，可惜他爱了以后更变本加厉的寻找女人，而我的身体逐渐的僵硬。

我时常在小齐的抚摩下开花，眼睛里却是沈剑潇开始苍老的疲惫。

“叔叔，如果这个称呼可以满足你的虚荣，能让你不会愧疚，那么你就是叔叔吧。”

我笑着对沈剑潇说话，我知道，他妥协了，是的，他迷恋我的身体，并且已经开始迷恋我的心。

·4·

桑小楼说：“你确定，你很爱他？”

我一边听着范逸尘的《放生》，眼泪哗啦啦地掉着，一边歪着腮帮子说：“爱，非常爱，爱的想死，爱的犯贱，爱的胃疼，因为贪恋那些有他口水却分明是对身体有害的快餐；爱的指甲疯长，因为他吻过的痕迹就能多遗留；爱的一个月不想洗澡，因为肌肤上遍布他的味道。”

你说，一个人爱一个人爱到如此，还能控制吗？

桑小楼优雅地用牙签剔着牙缝，左右手互相遮盖着，手腕微微地动着，她的黑色花边纱袖在那里哆嗦地颤抖着，生怕一不小心从嘴里掉出来脏东西浊了身子。

我回头看了桑小楼一样，有些不太喜欢她这样的姿势，很多时候，我倾向于小资女人的心理，却反感小资女人的行为。就像现在，剔牙用蓝竹妡的话就是掏牙，那么就应该舞刀弄枪的强悍点，虽然那样有些不雅观，但是却是掏的淋漓尽致。

再者说了，又不是什么公共场合，所以我觉得桑小楼有些虚伪，至少做为我的心理医生，她这点让我觉得她对我有所隐藏，不暴露真实的自己。

这样的女人很可怕。

桑小楼说："你为什么不停地听那首歌，唱歌的人水平太次了吧。"

我这次没看她，一边跟着音乐晃脑袋，一边嘴里含糊不清的说："这是他临走的时候给我听的，他告诉我一定要听。今天我也发现了，歌词写的真是不错。"

桑小楼很大声的咳嗽了两下，我知道她剔牙完毕了，接下来，她应该是继续优雅地走进洗手间，慢条斯理的拧开水龙头，温柔地按几滴洗手液，在手心揉搓，十指像拂兰花手一样转个圈，然后将手平摊在水龙头下，再然后她就会温柔地和我对话。

果真，高跟鞋的声音，流水的声音，然后就是甜美的声音。

"歌词说什么？无非是与歌名一样的意思，放生，你会不懂吗？就是你给他压力太大了，他让你放他一条生路。"

我想瞪桑小楼一眼，可是在她微笑又有力的言辞下我却生气不起来，因为不得不承认，她说的确实是一个事实。

沈剑潇，他懦弱却不脆弱，所以他披了坚强的外衣向我挥手，那外衣却是我用痛苦缝制的；他多情却也无情，所以他决绝的离开，再不让我看清楚他的踪迹。

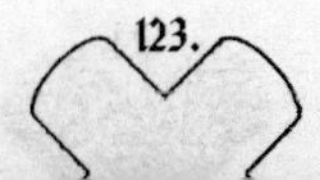

桑小楼说："石湛蓝，你不是一个傻女人，但是你是一个蠢女人。傻女人是真傻，真的不明白，蠢女人是什么都明白，可是宁可不明白。"

我反唇："桑小楼，你知道心理咨询师是什么，就是什么都不明白，却要装出一副什么都明白的样子，你知道什么？你知道这个世界上有一种爱情叫无可奈何吗？你知道最珍贵的爱不是两个人在一起，而是两个人想在一起却不能在一起吗？"

我明显有些激动，手重重地拍在茶几上，然后就掉了一个茶杯。桑小楼走了过来，拍拍我的肩膀："先把眼泪擦干，冷静些。"

桑小楼在打扫卫生的时候，我控制不了自己再一次冲她大吼："桑小楼，你到底在玩什么花招，你是我的心理咨询师，不是我的保姆女佣，你能不能做点正经事。"

桑小楼一边提着垃圾袋子朝外走，一边不紧不慢的应对我的咆哮，她的声音不大，却铿锵有力地在一百平米的房间里落地有声。

她说："十分钟，石湛蓝，在你电脑的D盘我放了一个东西，你去看看。"

十分钟？能做什么？不得而知。

·5·

打开D盘的文件后，第一反应是心痛，因为画面是沈剑潇的照片，冷冷的又有些阴郁，仔细看可以看出他苍老的疲惫。

第二反应还是心痛，因为传出音乐居然是《放生》。

第三反应是沉默，心碎。

是的，这一刻，我知道我彻底败在桑小楼手里，原来她洞察了一切，她是真的明白，不是以为明白。

桑小楼说："湛蓝，你是一个聪明的女子，所以你每次总是会预想每个结果来临后你能提前准备好的程序，可是你忽略了一点，有很多东西是死角。也许你预想了一万个结果，而最后结局恰恰是第一万零一种呢。如果你还想继续，那么就应该明白不去想那些不属于自己的东西。"

"湛蓝，我说你是一个蠢女人，是我惊羡你有如此的精力去隐忍的爱一个男人，实际上做一个蠢女人并不是一件值得羞耻的事情，相反是一次很伟大的酝酿。"

蠢女人会疯，蠢女人会崩溃，蠢女人会绝望，蠢女人会睡。

蠢女人在一个人的夜里靠着通讯工具取暖；蠢女人抱着不温暖的枕头说：亲爱的，晚安；蠢女人在天亮的时候拉开窗帘对着楼下的男人微笑；蠢女人撇着嘴，有什么了不起，我无所谓。

蠢女人坚强地给每个人解释他的疲惫，蠢女人脆弱地在孤独的时候擦眼泪，蠢女人苍白的面孔上看不到阳光照射的痕迹，蠢女人的屋子有发霉的味道。

蠢女人对着镜子发呆，蠢女人看着墙壁无语，蠢女人蜷缩着入眠，蠢女人睁着眼睛做梦，蠢女人经常一个人自言自语：你是蠢女人吗？我是！

蠢女人在演戏，没有对白；蠢女人在唱歌，没有音乐；蠢女人在素描，没有模特；蠢女人在作诗，一纸空白。

蠢女人说：他是爱我的，只是他是无奈的，他的爱需要分给

太多人。

蠢女人说：他是善良的，可是他一定要抉择，伤害是他也不愿意的。

蠢女人说：他……

蠢女人之所以是蠢女人，是因为蠢女人宁可相信一切都是美好的，她明明看透了他的退缩，却仍然说那是他稳妥。

蠢女人不说自己是蠢女人，她故意让他觉得自己很复杂，心机重重，这样让他会走的干脆。蠢女人深怕成为他离开的负担，于是逼着自己做了他逃跑的理由。

蠢女人啊，蠢女人。

蠢女人说，我只是蠢，却不愚。

蠢女人的姿势永远在人前保持优雅，她不愿自己脆弱的倒台，只是每走到拐角的时候，她便看着他的背影大喘气。

蠢女人说，我不怕死，我怕我死了没人这么宠着你，顺着你，疼着你，爱着你。

蠢女人想，我是不是该决绝一些，可是每次决绝的时候她把这唯一的机会留给了自己。

蠢女人把爱留给了一个人，然后把心掐死。在寂寞的夜里，蠢女人，决定抛弃他，蠢女人真的很蠢，可是蠢女人说她不愚。

蠢女人，答应了每个人，从此不再蠢蠢欲动。

蠢女人死在了这个冬天。

桑小楼说："你是个成功的蠢女人，可是蠢女人注定是要死在这个冬天的，你何必逼着自己一定在明年春天再发芽，有的东西萌芽就灭了吧。"

桑小楼说："十分钟了，石湛蓝，你看身后。"

我回头，桑小楼像幽灵一样站在我身后，脸色苍白，她说：“湛蓝，你知道沈剑潇是谁吗？”

我没反应过来，桑小楼又开始笑：“湛蓝，我们谈谈你母亲吧。”

·6·

那是一个常年见不到阳光的屋子，蓝竹妡就在屋子斜对面的公用电话上开始打电话，蓝竹妡的脸上没有一点血色，她从青蛙那里逃离后，已经差不多快一个月了，她终于想出来看看阳光了，想发出一点声音去求救。

第一个星期，蓝竹妡除了吃和睡以外，似乎无事可做。屋子里到处都是方便面的袋子和空着的矿泉水瓶子，地上的衣服、鞋子、箱子散乱地横七竖八着，偶尔会从角落里冒出来一两张毛票，蓝竹妡蓬头垢面的蜷缩在一张一米八的双人床上喘气，她刚刚拨了很长时间苏夏的电话，她决定回到西安去，可是电话一直是无法接通。

蓝竹妡有些沮丧，她一边收拾东西一边思考，该如何潜逃回去，因为她身上没有足够的钱让她挥霍了，如果找不到苏夏，她回去最多只能过两三天。

最后蓝竹妡决定先回去再考虑以后的事情，她看着房间里乱七八糟的东西，有些不爽，刷地拉开窗帘，打开窗户，顺手抓起一个半坏的闹钟从窗子扔了出去，不到一分钟，她就听到外面有人喊：“谁这么缺德，大白天朝人身上砸东西。”

蓝竹妡赶快关上窗户，继续拉上窗帘，然后虚脱地滑倒在地上大笑。

她有些没弄明白自己为什么这么疲劳，也没发觉是不是方便面的味道伤了她的胃口。反正这一个来月，在那张舒适的大床上，她一躺下就能睡着，伸直身子，一睡就是10到12个小时。从离开青蛙后，食物就没有过这样的诱惑力，方便面也不例外。说实话，除了浴缸之外，这个房间也就只是个吃方便面的理想场所。

每次躺在浴缸里，她都在想象自己漂浮起来，甚至她臆想摆脱地面拉力，她在某一时间觉得这个房间真是个神奇的地方。

在她的一生里，房子太多了，可是从来没有在这个地方这样如此令人心怡神驰，感到绝对的宁静。

蓝竹妡想，要不是我囊中羞涩了，我宁可在这个地方死去。哈哈！

想到这里，她简直觉得自己是个巫婆，神仙，她又开始扑到床上睡觉去了。

· 7 ·

蓝竹妡刚回到西安就遭遇了一场葬礼，是孤儿院的一个工作人员的。哦，忘记介绍了，蓝竹妡和苏夏都是孤儿，她们从小到大就是在那里长大的。

蓝竹妡5岁的时候被一个女人领养了，女人很有钱，她领养了蓝竹妡却只是每个月定时给孤儿院一笔丰厚的酬金，并没有将蓝竹妡真正带回家去。

苏夏曾和蓝竹妡研究过原因，蓝竹妡说："这个女人真是个疯子，钱多的没地方花了，估计是。"

苏夏一直没说话，只是安静地听，她是那种穿着带补丁的衣服仍然淑女的女孩子，她从来都不去对一些心里想的发表太多意见。

蓝竹妡16岁那年，女人突然就失踪了，而蓝竹妡自杀未遂后也辍学了。

院长说："蓝竹妡，你已经长大了，不能在这里待了，你养母还留了一些钱，你应该去找份工作了。"

蓝竹妡准备离开的时候，孤儿院门口开来一辆黑色的奔驰，从车上下来了一个戴墨镜的男人，身后跟了两个很威武的保镖。

那个男人走到蓝竹妡面前："请问你是妞妞小姐吗？"

蓝竹妡愣了一下："不，我不是，她是。"

蓝竹妡暗中掐了发呆的苏夏，苏夏来不及反应过来，便发出声音："怎么了。"

男人盯着苏夏看了一会，摘下眼镜毕恭毕敬地冲着苏夏喊了一声："表小姐。"

苏夏和蓝竹妡都有些晕，疑惑地看着男人，男人叹了口气："大小姐离开了，临走的时候吩咐咱们来接表小姐回家。"

蓝竹妡乐了，她一边使着眼色一边大声的说："妞妞啊，我就知道你妈妈会接你回家的。"

苏夏有些尴尬："小……"

蓝竹妡制止了她，并且飞快跑进去拉出院长耳语了一会，院长愣了下后，也很快笑了："妞妞，祝贺你啊，有时间回来看看大家啊。"

就这样，苏夏坐着那辆奔驰走了，而蓝竹妡背着行囊开始漂泊。

苏夏走的时候悄悄地问蓝竹妡："妞妞，你为什么要说谎？"

蓝竹妡紧紧地搂着苏夏，拼命的把眼泪朝肚子里吞，她轻轻地说："小夏，我们是好朋友，对吗？我觉得那个地方对你比我更适合，我习惯了流浪。"

苏夏离开的时候皱着眉头说了一句："小桃，我觉得她可能是你的亲生母亲。"

蓝竹妡笑了一下："我知道，可是她怎么可以是别人的情人呢，我不喜欢做情人的女儿。"

原来，她早就知道。

那个所谓的大小姐就是领养蓝竹妡的女人，因为爱上已婚男人并怀了他的孩子，被以败坏门风的缘由远嫁国外。几年后，患上抑郁症，不得不回国治疗，哪知竟被她半遮半掩找回了自己的亲生女儿蓝竹妡。

大小姐垂危的时候，把这些陈年旧事告诉了蓝竹妡，她说：妞妞，等妈撒手人世了，你外公就会接你回家的。

这样的真相对于蓝竹妡而言只能用"震惊"二字来形容，她怎么也接受不了身份的突然转变。所以，只会在她面前装着波澜不惊的样子。

"阿姨，我不知道你在说什么。"

说完，蓝竹妡扭身离去，不带半点感情。

女人在她身后凄凉的喊了一声："可否喊我一声妈妈？"

蓝竹妡愣了愣，仍旧没有回头。

其实，在内心深处蓝竹妡想喊她一声“妈妈”，但是蓝竹妡恨她那么自私地生下了自己，和别人的男人。

蓝竹妡说她羞耻，甚至痛恨。

因为蓝竹妡从小就听人说，世界上最卑微的女人就是别人的情人。

·8·

教堂和孤儿院离的很近，前几天刚刚经历了一场火灾。

这是一个奇特的葬礼，蓝竹妡一边四下张望，一边想着。仅有的女宾就是孤儿院的孩子们，因为全部外来的送葬者都是男人。

棺材上没有覆盖鲜花，小教堂四周的花瓶也都是空的。那可怕的火的热浪所过之处——这火是两天前刚刚被大雨熄灭的——还有什么花能幸免下来呢？它们全都像被蹂躏过的蝴蝶一样，纷纷落在烂泥中。甚至连一株小草或一枝早开的玫瑰都没有。而且大家全都累了，疲乏至极。

那些为了表示对死者的热爱而在泥泞的道路上远途赶来的人累了，那些运回尸体的人累了，那些拼命做饭，打扫卫生的人累了。

每个人都累的好像是在梦游似的，有人萎靡，苍白的脸上，两眼黯然失神；有人带着一副悲愤交集的脸色；共同聚在一起的这么些人——蓝竹妡和那些小孤儿陷入了共同的哀伤……

决定朝墓地出发的时候，蓝竹妡看到了石骅阒，那是他们第

一次见面。

蓝竹妡注意到他的时候，他在雨水的路上敲打着雨靴，穿过完全被热浪烤成了棕色的，枯萎的草坪，向围着白栅栏的墓地走去。这一次，抬棺者们都愿意把那朴素的长方形箱子扛在肩头了。他们在泥地上一步一滑地走着，偶尔可以听到一些小铃铛单调乏味地响着。

葬礼进行完毕，一切就绪。送葬者走了，观看者也走了。

他走到蓝竹妡面前："你是谁？"

蓝竹妡仰起头看着他："你又是谁？我凭什么告诉你我是谁？"

他笑了，他笑起来可真好看，眼睛弯弯，眉毛弯弯，嘴角也是弯弯的。他轻轻地比了比蓝竹妡的个子："你好小啊，才到我的胸口。"

"我叫石骅阆，死者是我的远方叔叔，现在该你了？"

蓝竹妡心口猛地震了一下，他也姓石，蓝竹妡想起自己那次失败的初恋，她咯咯地笑了起来："我叫你未来的女人，死者以前是孤儿院照顾我的人，以后我也想叫他远方叔叔。"

蓝竹妡的态度吓着了石骅阆，他盯着蓝竹妡皱起了眉头："美女是不可以这样说话的，太不含蓄了。"

"含蓄，一见钟情还需要含蓄吗？"

"不需要，石骅阆，你是我的了。"

蓝竹妡自问自答，然后转身走人，完全没看到身后石骅阆思考的样子。

·9·

蓝竹妡刚回西安的时候住在一家私人招待所。

招待所地理环境不错，刚好在中心广场旁边，干净，舒适。蓝竹妡打开窗户的时候一眼就看到石骅阗正坐在广场喷泉边上的长椅上沉思默想。蓝竹妡在窗口喊了一声，石骅阗转过头，冲着她微笑。

蓝竹妡飞快地收拾了下，就冲了下去。

“来的正是时候，石骅阗，我想要逛城墙去，一起吧？”

“为什么要去那里啊？有什么好玩的事情吗？美女。”

蓝竹妡瞪了石骅阗一眼：“叫我蓝小妡好了。美女，这么难听的名词你也能想的出来，美女是什么，你知道吗？美女就是发霉的女人，没人要的女人。”

石骅阗目瞪口呆地看着蓝竹妡口若悬河地在那里挥舞着双手，路过的行人纷纷侧目，石骅阗有些不好意思，他拽了一下蓝竹妡的胳膊，示意她快走。

蓝竹妡看了一眼石骅阗尴尬的表情，脑子刹那短路，仿佛闪电一样就浮现出了当年她如同一个脱了毛的雏鸡站在那个同样姓石的男人面前的样子，她很懊恼，突然就冲着他发火：“你觉得我很丢人是吗？那你可以离我远一点，愚蠢的男人。”

石骅阗还没反应过来，就被蓝竹妡迅雷不及的扇了一巴掌，然后两个人都惊呆了。

半秒钟后，蓝竹妡突然大笑，端详着不知所措的石骅阗脸上的那五个手指印，就像在揣摩某件精美的艺术品。一种类似于夏天绕着操场跑完三圈之后大汗淋漓的快感打她心底升起，她在惊诧于自己这般莫名其妙变态心理的同时安慰自己。

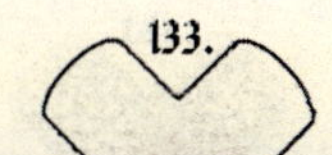

我喜欢这个男人，我一定要让他变成真正属于我的东西。

对于石骅阗来说，在光天化日之下被一个女人就这样羞辱，真是破天荒第一次，他发誓也一定是最后一次。

他当时有想掐死蓝竹妡的冲动。尽管这个女人长的还不错，尽管这个女人也引起了他的一些心思，可是此刻他想做的就是如何将这个羞辱还给她。

石骅阗的心里翻起了千层浪，他忍住了，路人都看着他们两个人僵持，有人在议论："现在这些自由恋爱的男女都是翻了天的，阴盛阳衰啊。"

石骅阗正要开口的时候，蓝竹妡又一个惊人的举动开始了，她扑上了石骅阗的身，旁若无人的吻上了他的唇。

蓝竹妡呓语着："石骅阗，你是我遇到最美妙的男人，你是我的，我要你是我的。"

车水马龙的街道上漫步着一些看热闹的行人，不远处的露天市场徘徊着一群无聊寂寞的人，在阳光下发着臭气的大筐大筐的鱼，蔬菜和一个挨着一个挂在那里的，带金银丝的拖鞋吸引着有购买欲望的市民们。

石骅阗觉得自己真的颜面尽失了，他一把推开蓝竹妡，恶狠狠地咒骂她："你当我什么，随意打趣，可以让你说不知羞耻，赤裸裸的调情话，还是让你不顾廉耻的赞美充满了淫欲。"

蓝竹妡的泪水总是会在适当的时候适当的落下，她的手微微地颤抖着，她的声音被压抑的已经扭曲，她一把拽着石骅阗疯狂地把他塞进一辆及时到来的出租车里。

石骅阗不知道她到底要做什么，更不能理解是什么给了她如此大的力量，在出租车里他试图看清楚蓝竹妡的意图，可是蓝竹妡根本不理会他的询问。

石骅阗想和她吵架，看了看出租车司机不怀好意时不时朝着反光镜里伸头的嘴脸，他忍住了。

刚一下车，石骅阗就又被蓝竹妡拽着狂奔，两个人气喘吁吁的停下时，是在南门城墙下，石骅阗终于才能愤怒地冲着蓝竹妡大吼："你这个疯子，你要做什么。"

"石骅阗，在这里，就在这里我告诉你，我喜欢你，对，我第一眼就喜欢上了你。当一个人足以疯狂，足以超微出贱的时候，是上天赐给她足够的爱的勇气来坦白的。我遇到你是一个偶然，可是我们相爱却是必然的，你注定是我的。"

石骅阗显然被蓝竹妡的告白搞昏了，他想都没想，就转身而去。

蓝竹妡在石骅阗身后大声的喊着："石骅阗，我要你是我的。"

那个时候已经是初夏，尽管如此，蓝竹妡仍然穿着一件羽绒衣精神抖擞的宣言着，五月的城墙上人并不是很多，有的就是些许亲昵的情侣或者闲暇提着鸟笼子的老头们。

蓝竹妡大笑："我的爱情，我的第二个男人出现了。"

· 10 ·

蓝竹妡觉得身体里有一股莫名地东西撞击着自己，生命在某一个时间段仿佛是为了身边躺着的这个男人而停止的。

这是一家廉价的旅馆，实际是个录像厅，只不过有几个包厢

是带床位的，所以很多学生情侣就当这里是过夜旅馆了。

某些时候，有人当这里是“流萤”出没的地方，所以这里的生意反而出奇的好。

蓝竹妡扶着石骅阗歪歪扭扭的走进来时，大厅里窸窸窣窣地传出一些微妙的喘息，灯光很昏暗，仅仅是靠屏幕上的光线能看得到一堆头在那里摇来晃去，偶尔可以看到一些头似乎是被另一个头顶在脖子那里很委屈的朝后挺着。仔细辨认，就会发现有的黑糊糊的东西不是头，而是两只脚丫子竖在那里。

空气很不新鲜，汗味，香水味，脚臭味，爆米花的味，甚至有方便面的味道。

蓝竹妡冲着黑暗处喊了句：“有活着的吗？出来一个。”

黑压压的座位上先是一些骚动，有人不大不小的回应了一句：“又来一个流萤，骚货。”场子里发出哄笑。刚好屏幕上放着一个女人环着一个男人的腰，娇滴滴的说：“我不嘛，人家就是要嘛。”

蓝竹妡有些恼火，借着酒性子又喊了一句：“贼，到底有没活着的。”

半天从另一角落出来一个又矮又胖的老太婆，看都没看蓝竹妡，走到她跟前直接给了一把钥匙：“后院第三个房间，去吧，真是的，喝这么多的，也不怕做不成了……”

就这样，两个同样醉的一塌糊涂的人倒在了床上，一倒在床上，石骅阗嘴里就开始混沌不清的呓语，两个人的身体就像绕麻花一样纠葛起来，一个15瓦的灯泡羞涩地对着两个人妩媚了半天后，发现两个人仍然是毫无概念地拥抱，居然，居然昏睡了过去。

可怜的小灯泡有些尴尬，在用尽了所有力气之后它发出一声惨烈的叫声，然后冲向蓝竹妡和石骅阗的脚边，房间顿时陷入一个空前的恍惚中。黑，静，只有偶尔传来隔壁房间里的呻吟声。

所谓的劫难从如今简化的拼字说法就是，打劫不到的困难。

很庆幸，石骅阗遇到了，他没有打劫到别人，却被一个美貌的女子劫了自己。酒精在身体里横冲直撞的吵架，身体的本能使他不由自主的朝身边另一个软棉棉的物体靠去，用棉花化解来自燃烧的力量，石骅阗觉得身体里的热流不停的炙烤着自己，仿佛骨头都要被溶掉，找一个地方藏起来吧。他拼命的寻找出口，释放，他询问着身边的那个陌生的身体："你是谁？你想要做什么？"

蓝竹妡摸索着在石骅阗的身上吸取着她想要的东西，她决定用身体去收容这个男人，即使收容的只是暂时，她觉得很不错。

蓝竹妡在天微明的时候离开，她看了一眼仍然昏睡不醒的石骅阗，凄然的笑了下，然后在石骅阗的脸上轻轻吻了下去。

带着一滴泪她离开了。

蓝竹妡说：当时她唯一的念头就是，让石骅阗去后悔自己的所作所为吧，尽管那个所作所为并非石骅阗自己的冲动。

女人在占有欲强烈的时候是可怕的，可怕到连她自己都不清楚自己在干什么。

· 11 ·

石骅阗是清醒的，只是他不想清醒过来，他眯着眼看到蓝竹妡离开，他闭着眼感觉到蓝竹妡在亲吻他的时候落下的那滴冰

凉。

蓝竹妡转身后，石骅阗伸出舌头添了下那刚好滑到嘴角的冰凉，真涩啊。

石骅阗对着蓝竹妡的背影说："我数到十，你回头，我就拥抱你。"

可惜，这一切，蓝竹妡不清楚，她头也不回地走了，带着一颗破碎的心。

有的时候人们总是以为自己失恋了，其实不知道恋爱才刚刚开始，可就是因为过于自卑的自信，使得爱情总是擦肩而过。

有人说，世间有你不寂寞，可是，我说，世间有你更寂寞，如果，你不能爱我，又不忍伤我的话。

F：疯醉的探戈

你无力拒绝那些若有若无，若远若近，若生若死的一种感觉。

你还是抑制不住馈赠的冲动伸出手去，递上你的灵魂，

哪怕梦幻再度破碎，哪怕灵魂再度分裂。

· 1 ·

桑小楼说："我也是个女人，我也曾爱过一个男人。可是他不爱我，他爱的是他的姐姐，居然是他姐姐。"

我很惊讶桑小楼突然会这样和我说话，因为她的眼神变的幽怨却又残忍，她一个字一个字的蹦出来那些恶狠狠的话："湛蓝，你知道我有多么讨厌他的姐姐吗？所以我成了心理医生，因为我在控制自己不去恨一个女人的时候，我经历了所有心理变异的过程……"

桑小楼爱的男人有一个很奇怪的名字，叫木若，听起来让我想起一棵树。

桑小楼说："他真的是一棵树，他宁可去娶一个自己不爱的女人，也不愿意和我在一起。"

桑小楼说的我一头雾水，我伸出涂满黑色指甲油的手在桑小楼茫然的表情前晃了几晃，将她从迷失中拉回现实。

"桑小楼，你不是说他爱他的姐姐吗？怎么又说他娶了别的什么他不爱的女人呢？"

桑小楼回过头对着我发出一个苍白的笑容，她的手指着窗外："他在那里，挑选婚纱呢！"

都说恋爱中的女人最疯狂，此刻我感觉到的是失恋的女人最疯狂，甚至是可怕。因为顺着桑小楼的手势，我什么也看不到，看到的只是一个白色的墙壁……

窗外，是白色的墙壁，围墙。

我佯装无事，随口说出："没关系，小楼，我介绍我弟弟给你，好不好，我弟弟很帅的。"

桑小楼发出一声奇怪的笑容，然后没理我，径直走到沙发前坐下，看电视，沉默。

桑小楼说："一个怀了不爱自己的男人的骨肉的女人，然后再看着他与别的女人去购买婚纱，她的心里是疼痛，可是她的选择也是无奈的。"

我不知道该说什么，我又想起沈剑潇，想我们针锋相对的迷恋，想我们碎骨破皮的纠缠，想我们分分合合的诺言。

桑小楼突然大哭起来，我看见她不停的抽拉着纸巾，很快的，茶几上便堆满了桑小楼的鼻涕和眼泪。

我的双手交成麻花状，我不吭声的坐在她身边，端详着这个爱情专家，心理医生，能用一箩筐的理由去说服别人，却找不到一个借口去开脱自己的悲哀。

女人总是会在失去后喃喃地自语：他还说过什么，他曾说过什么，他会说什么？

就像现在桑小楼的样子，她目光涣散，披头散发，让人一点都不觉得她是个医生，相反，我这个病人此刻却成为一个医生。

桑小楼像是在和我对话又像是在自言自语："湛蓝，你说他还好吗？你说现在降温了，他会冷吗？他终于解脱了，不用喋喋不休的摊牌了，不知道他会不会偶尔想起答应过我带我去海边的事情，不知道他还记得要带我去爬山呢。不知道他……唉，湛蓝，其实你知道吗？我无所谓的，他明白不明白我，都不重要。我只是想

他在寂寞的时候会想起问我一句，你好吗？我只想他在无聊的时候说一声：聊会吧。我只想他在难过的时候发一句：想我吗？”

我打断了桑小楼的话：“女人，我怎么发现你这个人迷恋承诺的程度不亚于我起初迷恋砒霜的疯狂。”

桑小楼微笑地说：“湛蓝，你错了，那不是砒霜。”

我翻着白眼：“是罂粟。”

桑小楼轻轻地抚摩着自己光滑的肌肤，她想象着一个人在寂寞的夜里孤独的思念，她幻想两个人在寂寞的夜里疯狂的流连，她依然保持迷人的微笑优雅地说：“那也不是罂粟，那是多么快乐的鹤顶红。”

唉，爱情，爱情就是这样的让人上瘾。

纵使你是爱情专家依然逃不过。

· 2 ·

桑小楼说：“幸福就是一个字，承诺。”

在不做治疗的时候，我更习惯叫桑小楼为女人。

明明是两个字的苟合，女人偏偏要认定是一个字的郎情妾意，于是无风无雨，无月无星，女人挥挥衣袖，带不走半点情意，只留下无限惆怅。

女人不哭，女人只是用泪水强制声音的出逃。

风很大，非常大，阳光很灿烂，非常灿烂，心很冷，不是非常，是严重。

桑小楼喜欢唱《你那里下雪了吗？》。

其实，桑小楼比谁都清楚，这个世界上最不可靠的就是承诺，因为不能把握，所以承诺，因为做不到，所以承诺，因为苍白，所以才会承诺，因为无力，所以用承诺满足，因为是空口，所以会承诺。

可是桑小楼依然会说："木若曾经承诺过。"

我在忍无可忍的情况下敲醒了她："最无法做到的时候才会承诺，因为说说而已，实际上承诺就是承包了一切无法兑现的诺言。"

桑小楼说："湛蓝，我拿掉木若的孩子那天，是小雪，那天他在和他的未婚妻挑选婚纱。"

·3·

桑小楼静静的站在路边，看着来来往往的人群和川流不息的车辆。有一些状似亲密的男女经过，有一些让人脸红的情话传到桑小楼的耳朵里，桑小楼不置可否的冷笑着。

爱情，散发着腐烂的气息，穿梭在大街小巷，挣扎的鲜血染红了伤口。对面的影楼屹然的横在我眼里，木若正在那里和他的新娘挑选着婚纱。

黑色的西装下裹着一个忧郁的男人，木若的笑很牵强。

从医院走出来的时候，桑小楼看见阳光下的人们都是忙碌而幸福的微笑着，伸手抚摩微微隐痛的小腹，她笑不起来。就在半个小时之前，她孕育着一个生命，半个小时后她扼杀了自己做母亲的权利。

影楼的招牌在太阳下显的有些疲惫不堪，只有试婚纱的人乐此不疲。美丽的桑小楼穿着美丽的婚纱定格在那张玻璃窗上，来往的男人都会回头多看几眼，然后又灰溜溜的跟着他的女人朝前走，沿途撒下女人不满的唠叨声。

只是，穿婚纱的桑小楼不是新娘，那个时候桑小楼是这家影楼的模特。

半个小时前，木若给桑小楼打电话，他要陪自己的未婚妻去试婚纱。电话里木若的声音带着明显的喜悦，拿着怀孕诊断书，桑小楼脑子里混乱一片。

她说："木若，我怀孕了。"

电话那头传来刺耳的车声，她的声音很小，透过明亮的玻璃窗，她看见病房里躺着一个微胖的孕妇，脸上洋溢着幸福的表情。

摸着平坦的小腹，桑小楼再一次说："木若，我怀孕了。"

电话里清晰的传来和着嘈杂的木若的询问："小楼，你说什么，大声点，我听不到。"

鼻子酸酸的，桑小楼忍住想哭的感觉，正想大声的告诉他时，电话那头传来一个女人的细语："老公，我想去金帝看一下，听说你一个朋友在那里做过模特，那里的婚纱应该很漂亮吧。"

木若的声音还是那么温柔："小楼，我们要去金帝看婚纱，你在那里帮忙给推荐下。"

桑小楼不知道该说什么，眼泪哗哗地直流，然后却带着微笑应付着电话。身边经过的医生护士都奇怪的看着她。

木若在电话那头大声的喊："小楼，你怎么了，哦，你刚才说什么。”

没有回答，桑小楼挂掉了电话，走进了手术室。

· 4 ·

桑小楼说：“我早就知道他不会在乎我的。”

她那双妩媚的灰眼睛里没有情绪激动的光芒，没有冷酷之色，也没有责备之意，没有恨也没有悲伤。仿佛她就束手等待着这一打击的到来，就像一条被判死刑的狗在等待着那致命的一枪，明知是命中注定，但又无计可施。

我看的出来她在伪装，这个年轻的女孩子总是习惯将自己的哀伤独自留在心头，她的痛苦有一种女人们特有的，莫名其妙的凄楚，既夸张又神秘。然而她却总是把这种感情掩藏在日常的活动之下，使它的重要性降低了。

我很牵强地说了一句：“小楼，要不给他打个电话，或者发封邮件，我觉得你只要和他联系，你要告诉他你的事情，他不会太过绝情的。”

桑小楼摇了摇头，笑了笑：“不提他了，我和你讲讲我的过去吧，想听吗？”

桑小楼说：“湛蓝，我没有亲生父母，我是一个五十多岁的捡破烂儿的老头收养的。而我的启蒙教育是被一个我连名字都不知道的男人用他根本都无法了解的事情解释给我的，并且完成了我女孩子的洗礼。”

桑小楼说她的养父连“生活的实际”这种陈腐的词汇都不懂，

而她在这样的条件下当然也是懵懂的，一个未被唤醒的躯体和头脑对于那些本来能自动地使人明白事理的偶然事件是麻木不仁的。

桑小楼时常想不通，为什么每个星期总有几个女生羞答答地对着体育老师说："老师，我生病了，要见习。"

可是明明她们每个人脸色红润，在一旁谈天说地的。

更让桑小楼奇怪的是，她们反而用更微妙的眼神打量着桑小楼，动不动就冒出来一句："桑小楼，你不用见习的吗？"

桑小楼觉得这些人都是一群白痴，神经质。所以她和女孩子的关系越来越远，而男孩子则是和她勾肩搭背的称兄道弟，他们总是大大咧咧的说："假小子，走，踢足球去。"

很多人都以为桑小楼是一个面目清秀的男孩子。

桑小楼说她的初潮被唤醒是在她15岁生日的时候，那个夏天，暑热将要达到让人无法忍受的顶峰时，她在自己的内裤上发现了棕色的，不均匀的斑斑血迹。一两天之后，血迹才彻底没有了，桑小楼觉得有些尴尬。

她认为这是下体不干净而留下的痕迹，这使她感到耻辱。她责怪养父不多给她零花钱让她能时常去搓洗，然后那天她烧了一大锅的水，将自己泡在木桶里泡了一天。

桑小楼是一个心思缜密的女孩子，尽管贫穷，可是她也一定要求自己从内到外都是干净的，从那以后，她每天都清洗下体。

· 5 ·

死神像幽灵一样突然降临，桑小楼生日过后的第一个星期天，养父就被带走了，之前没有任何预兆，早上的时候他还骑着自行车满世界的跑，下午他说：“小楼，我很累。”

然后那一睡就再也没醒来。

桑小楼在街坊的帮助下简陋地帮养父下葬了，她基本没流多少眼泪，因为她从小到大就知道，养父和她没有任何血缘关系，所以养父的离开对她来说没有太多的悲伤，有的只是一些担忧。

桑小楼担心自己再也没有生活费的来源，很快，这种担忧便不存在了，因为桑小楼的学习成绩非常优秀，所以学校决定减免她的所有费用，而她的生活费也被街坊以及居委会的好心人自发承包。

无疑，桑小楼是个幸运的女孩子，她很开心。

可是五个星期后，她发现内裤上的血迹重新出现，这使她产生了恐惧，她将这些和养父的死亡联系了起来。

因为这一次和第一次完全不一样，明明白白的就是鲜红的血了，甚至还有一些黑色的淤块。她想不通这些血是从哪里来的，但她猜想是来自她的下体。这缓慢的出血三天之后便停止了，而且有两个月没再出现。

桑小楼偷偷地把内裤洗了，没有引起别人的注意，因为她现在是一个人生活，她洗衣服反而在大家眼里觉得她是一个勤快的女孩。可是接踵而来的打击给她带来了痛苦，使她第一次冷静而严峻地考虑她的生命了。

这一次血流的很多，流的太多了。她偷偷拿了很多卫生纸，垫在内裤下，生怕血会透出来。

这种慢慢消耗生命的出血让桑小楼胆战心惊，她不知道自己该如何去找同学们说，如何将自己下体得了这种极肮脏，说不出口

的病而将要死的新情况向他们说破呢?

桑小楼曾经听那些婶婶们在喝茶闲谈时，说起过她们的朋友，母亲或姐妹，因为得了瘤子和癌而可怕地慢慢死去。桑小楼似乎相信她一定是长了什么东西，在逐渐吞吃她的内脏，并悄然地向她那颗悸动的心脏一路吞吃下去。

哦，不，她不想死啊。

桑小楼开始没日没夜的流泪，每天去学校的时候同学们总会嘲笑她像桃子一样的眼睛，他们会说："桑小楼，你是不是又开始想你的养父了，你真没出息，一个人生活多好，你还害怕。"

桑小楼没有辩解，因为她内心正充满着比这些嘲讽更厉害的恐惧。

·6·

桑小楼说，在她的头脑中，对于死的概念是非常模糊的，不知道在进入另一个世界时将会是什么样子。

她只是看到养父在死去的时候身体突然就缩的很小，让她觉得那是一件很可怕的蜕变，她无法想象大限来临时是什么状况。

桑小楼夜复一夜地惶恐地躺在那里，试图想象死亡就是永恒的黑夜；或者是通往远方金色乐土而要跳越过去的一条冒着火眼的深渊；或者是置身在一个巨大的圆球之中，里面站满了歌声直于云霄的唱诗和从其大无比的彩色玻璃窗内透进来的淡淡的光线。

她变的非常沉默了，不过她的样子和那种宁静的，如梦如痴般的孤独完全不一样。她的神态就像是一只在猎人的凝视下一动不动的小动物。要是有人猛地和她说话，她会跳起来；要是有男同学喊着叫她去踢球，她也会因为忽略了他们而深感痛苦，赶紧大惊小怪地乱忙一通，以补其过。可是最后，她还是很无奈地说：“我没时间，我心情不好。”

每个人都发觉了她的变化，但是他们仅仅认为这是因为她长大了，他们从未自问过她那不断加重的思想负担是为了什么。

桑小楼把自己的抑郁之情掩藏的太好了，这也许是她后来能成为心理咨询师的一个原因。她具有非凡的自我控制能力和强烈的自尊心，谁都不会知道她心里在想什么，表面的不动声色会保持到底的。

新来的实习生时常会在他们上课的时候出现，然后坐在一旁看他们踢球。

偶尔他会和桑小楼说话，桑小楼总是叫他：“喂。”

桑小楼找不到人可以倾诉，她一个人跑到离大家很远的地方坐在草地上发呆。

实习生发现了桑小楼的变化，从一个假小子变成了一个豪无生气的人。他慢慢地向她走了过去。

桑小楼听见他从草地上走来的时候，她转过身来，面对着他，两手叠放在下摆前，低头看着自己的脚。他在她的身边坐了下来，抱着膝头。他断定，他用不着旁敲侧击兜圈子，如果那样的话，她可能会回避问题的。

“怎么了，桑小楼。”

“没什么的。”

“我不信。”

“真的，没什么，喂，你别总是问我，我不能告诉你的。”

他吸了一口气，往后一靠："桑小楼，你别不老实，我观察了你好多天了，你最近情况很不好，有什么想不开的你可以告诉我，你可以当我是你的亲人，你的兄长。乖孩子，你必须告诉我出了什么事，因为假使有什么人能够帮助你的话，那么就是我。"

桑小楼一只手紧握着另一只手："喂，我不知道我要说什么，我要死了，我得癌症了。"

实习生起先愣了一下，然后憋不住想纵声大笑，这简直是虎头蛇尾的故事，一场可笑的虚惊。后来，他看到她那发青的细嫩的皮肤，看到她那消瘦的小胳臂，他拍拍桑小楼的头，轻声说："傻孩子，你怎么知道的。"

桑小楼没有抬头看实习生，为了说明这件事，她费了半天时间，声音很小，使得实习生不得不低下头凑到她的唇边，不知不觉地做出了一种拙劣的听取忏悔的姿势；一只手挡着自己的眼睛不去看她的脸，伸出他的耳朵去听她认为可怕的事情。

"从开始到现在已经有六个月了，喂，你知道吗？我的肚子疼极了，可是和动肝火的疼不一样，而且——喂，你不可以笑我，你知道吗？从我，我的下身流出来好多好多的血呢！"

实习生觉得有些不可思议，其实根本没有什么了不起的东西。他低头望着她那含羞低下的头，心中像打翻了五味瓶，脑子里乱糟糟的。他感到一种又荒谬又宽慰的愤怒，这就是当下的教育吗？

真是难为她了，一个小姑娘居然能不动声色地把这样的大事压在心里，使他既感到钦佩，又感到全身的不自在。

但是这样的事情对他来说，要讲清楚确实是一件很尴尬的事情，实习生觉得一股热潮在自己的皮肤下弥散开去，他坐在那里，用手挡着的脸扭到一边去了，心里为他的脸红而感到羞愧。

实习生看看，周边没有别人，就只有他和桑小楼两个人，他干咳了两声，试图让自己的声音平和一些。

“桑小楼，你跟我来，我带你去一个地方。”

桑小楼抬起眼睛，她看到他正在微笑着，她心里马上有底了，要是她快要死了的话，他是不会这样笑的。

桑小楼跟着实习生去了他的住所……

·7·

在那个不足三十平米的房间里，实习生把桑小楼抱了起来，然后放在床上，像抱着一个布娃娃一样面对着面。

“桑小楼，看着我，对，看着我。”

“你不会死的，你没有得癌症。事实上我也不是很有把握能不能告诉你这是怎么回事，但是我觉得我还是要告诉你，事情是这样的，你只不过遇到了每一个女人都会遇到的事情罢了。每个月中你有几天都要流些血，这种情况一般从十二，三岁左右开始发生。”

实习生又干咳了两下，继续。

“你多大了，有这么大吗？”

桑小楼有些不好意思：“喂，我已经15岁了啊。”

实习生摇摇头，对她的话半信半疑：“15岁，你？恩，要是你说你已经15岁的话，我也相信你。不过你比大多数的女孩要来得晚啊，这种情况每个月都要出现，直到你50岁左右为止，有些

女人的这种事，就像月相盈亏一样有规律，有些女人就不这么有规律。有些女人遇上这种事没有什么痛苦，而另外一些则疼痛难忍，谁也不知道这种事为什么每个女人和每个女人相差这么大，不过每个月流血就是你已经成年的标志了。”

桑小楼不太明白实习生的话，她瞪大眼睛询问：“喂，你怎么会知道这么多呢？”

实习生有些尴尬：“桑小楼，这个你以后的课程里就会讲到的，对了，这个你以后要学会保密，不要随便在男孩子面前提起啊。”

桑小楼又不解了：“为什么啊。”

实习生摇摇头，又笑了起来：“其实我也不知道为什么，我只知道应该是这样的。”

实习生突然觉得嗓子有些干，他看了看桑小楼干瘪的胸部，咽了一口唾沫：“桑小楼，你以后不能再随便和男孩子玩了，因为你以后有了经期，一不小心，你就会怀孕的。”

桑小楼的胳膊突然绕在实习生的脖子上，她有些孩子气的撒娇：“喂，你好厉害，你知道的好多啊。可是我还是不明白，为什么有了经期，就会怀孕呢。”

实习生的声音越来越微弱，他的手慢慢在桑小楼的身上不老实的动来动去：“桑小楼，那是一个关于精子和卵子的故事，说起来很复杂的，其实我也说的不是很清楚。不过我可以给你示范一下。”

实习生的手伸向了桑小楼的身下，桑小楼不知道他想做什么，只是觉得有些不太好，可是她又被他的抚摩引诱的很舒服，然后她慢慢倒在了床上……

桑小楼说，她当时根本不知道她在做什么，她只知道实习生的手很绵，甚至比班里的女同学的手还柔软。

实习生在黄昏夕阳从窗帘的缝隙间照射的刺激下，一边呓语一边身体力行的给桑小楼演绎了精子是如何遇到卵子的过程。

桑小楼说：“喂，我有些疼。”

实习生说：“别紧张，两个陌生的人刚刚遇到是会这样的，一会就好了，一会……”

· 8 ·

我看了看窗外，夜已经很深了。

我拍拍桑小楼的肩：“小楼，试试吧，也许还能争取回来，他只是在挑婚纱而已，还没有举行婚礼，不是吗？”

桑小楼回过身看我，歪着头，眼睛里还闪着晶亮，一字一句的吐出来一句话，顿时让我不能呼吸。

“石湛蓝，你比我更了解木若，他不会再回来了，因为他是石一诺，是的，你不用如此惊讶的看着我，木若就是石一诺。”

我的眼前闪过一诺的脸，微昂着，有着些许的冷傲，却仍脱不了一丝孩子气。一诺的身材修长挺拔，像一棵夏天里的树，那么不经意的一瞥，就能感觉到他的繁枝叶茂。

桑小楼说她第一次见木若的时候，就心动了。她喜欢这种在成熟与未成熟之间徘徊的男子，桑小楼说她第一次见了木若后，有段时间她竟然很想他，想象里，她已经跟他无数地拥抱，爱抚，甚至做爱。

当然，她始终都没有对木若讲起过，包括后来他们在一起后。是的，她不能说。

那仅是想象里的，自从15岁那次她与实习生那一次后，她的身体再也没有接触过第二个男人，她把自己封闭了起来。

当时我的第一反应是，什么样的男人啊，怎么和我弟弟一样的有魅力。

如果我没记错的话，当时桑小楼的表情很怪异的看了我一眼。原来，木若真的就是一诺。

可是一诺怎么会爱我呢？这怎么可能？我可是他的亲姐姐啊。

桑小楼盯着我的床发呆，她说："湛蓝，你知道他有多爱你吗？他连我们做爱的时候也必须换上这样的床单。"

我新换的四件套，白的底，淡绿色衬花之上盛开着大朵大朵的紫罗兰，闹而不喧，淡雅中透着妖艳。

这四件套是我和沈剑潇在一起的时候买的，所以我一直留着，周而复始的用着，尽管我是一个喜新厌旧的人。

当时一诺问我："姐，为什么一直不扔掉了。"

我头也没抬，就说了一句："因为喜欢这个图案啊。"

现在想来，这绽放的紫色大花，竟然被我们这一团糟糕的爱情加注了欲望和激情。

·9·

桑小楼是个心理咨询师，所以她无法咨询自己的心理，如同每个人都说，石湛蓝是个爱情专家，却永远找不到属于自己的爱情真谛。

两个女人隔着玻璃窗互相张望，然后桑小楼慢慢的伸出手平放在玻璃上，她脸上柔和的表情让我再次想起苏亦薇。

亦薇在最后一刻仍是倔强的说了一句话，然后才倔强的闭口，用她倔强的沉默来等待有人给她一个结果。

亦薇说："如果可以，我要爱你到心伤。"

在亦薇沉睡的时候，我一直在研究着这句话，现在我把这句话拿出来和桑小楼讨论。我们是从语法上开口的。

假设，或者是祈使句吧，不过我总是惯于理解成它是一个命令句。

因为我总是忽略不计前面那句话，我偏向的是后面的，我要，对的，我觉得亦薇更偏向说的是我要爱你到心伤。

有人问，如果，如果从一开始就知道没有结果，那么我是不是应该掐死在萌芽状态。我笑，因为见过她，是一个在我眼里看上去很美丽的女子，小鸟依人那种。只不过她与我是两种，她属于理性的，而我则是感性的。

我飞快的回答，如果，你自己也说了，只是如果。那么我们完全可以忽略不计你的那个结果，你现在想法是什么，你很迷茫吗？你也在猜想如果没掐死的状态吗？

如果是这样，那么期待下一次的机会吧，希望下一次来临的时候你要明白一点，宁可后悔，不要遗憾。

爱一个人，其实在某些时候是爱受伤的感觉，每每在疼痛的时候我们就会去反思，去回想，而在开心的时候总是忘乎所以。受伤其实也给了我们成长的机会，给了我们继续的勇气，给了我们决绝的力量。

如果理性会让我避免很多伤害，我宁可不理性，因为理性也会让我错过太多爱情的滋味。我迷恋一切昙花一现的，而我更迷恋的是在我等待它开放的时间里，我的种种猜想。

如果可以，我要爱你到心伤。

是的，因为爱到我彻底心伤的时候，就是到了终点。那么你所能做的就是给我一次机会，让我站在起跑线上就可以了。其他的就让我一个人去走吧，走的快慢是我的问题，你的路程不需要变。

这样的开头，是祈求你给一个点头的机会，而这样的开始，是为了我命令自己的一个结果。两个人都参与其中的游戏，两个人都不孤单的游戏，两个人都不负责的游戏。希望这样的一个人的故事很精彩。

所以，让我们再开始一次，亲爱的，我喜欢你，如果可以，我要爱你到心伤。

可惜，每个人都以为亦薇这些话是对那平或者小齐说的，没有人看到她说话的时候目光是对着我的，是的，亦薇直到最后一刻仍然固执的用这句表白给了我一个暗语。

石湛蓝，如果苏亦薇历尽卑微与羞辱，仍然无法做到情人的精髓，那么她从此沉默。

· 10 ·

电话铃在上午9点钟响来的时候，桑小楼翻了个身，睁开惺忪的眼睛，咒骂着电话机，发誓这准是为了一件毫不相干的该死的事情。

桑小楼一边穿衣服一边发牢骚，这个世界上的其他部分的人总认为他们在早晨9点钟不管开始做什么事情都是非常正常的，他们为什么会因此认为她也是这样的呢？

但是，没办法，电话在响着，响着，响着。

桑小楼有些不开心："谁这么神经，不知道人家还有穿衣服的时间啊。"

我在旁边伸了伸懒腰："也许是木若吧。"

桑小楼看了我一眼，我不好意思的改口："是一诺吧，我觉得一诺不是一个不负责的人，毕竟他是我弟弟。"

我的声音明显没力气，连我自己都不相信。但是这个说法使得桑小楼却变得清醒了，桑小楼顺势从床上爬了起来，摇摇晃晃地冲向外面的起居室。

一诺只是挑选婚纱，还没正式进入教堂，从桑小楼堕胎到现在，他们已经有一个多月没联系了。也许一诺又放弃了，不是说不到最后都还有机会的吗？

"喂。"

"请问是桑小楼小姐吗？"

"是的，请讲。"

"那个，是这样的，桑小楼小姐，我们这里是市中心医院。"对方用很标准的西安普通话，说出了一个她懒得去听的名字，因为这个声音不是一诺，这使她大为懊恼。

"哦，市中心医院。"她站在那里，打着哈欠，用一只脚的脚尖蹭着另一只脚的脚板。

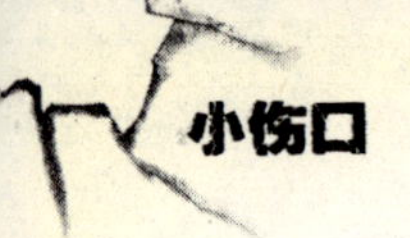

“你有一个朋友叫石一诺吗？”

桑小楼的眼睛睁开了：“是的，有。”

“他还有一个名字叫木若，是吗？”

两只脚都踩在了冰凉的地板上，紧张地站着：“是的，就是他。他怎么了？”

“桑小楼小姐，是这样的，很不好意思，我带给你的是个坏消息。事情是这样的，你的这位朋友出了车祸，现在一直昏迷不醒，我们无法联系到他的家属，在他的手机上只找到您的联系方式和您发的短信，才来确定下他的姓名以及通知您。目前来说，他的情况不太好，有可能会成为植物人。”

电话机放在靠墙的一张桌子上，桑小楼倚在墙上，靠它支撑着自己。她的膝头弯曲了，开始非常缓慢地向下滑动，在地板上软瘫成了一堆。她发出的既不是笑也不是哭，而是介乎两者之间的一种声音，是一种听得见的喘息声。

“桑小楼小姐，你还在听吗？桑小楼小姐。”那声音固执地问着。

“车祸，昏迷，植物人，木若，一诺，哦。不。”

“桑小楼小姐，请回答我！”

“是的，是的，是的，是的，是的，哦，天那，我在这里。还有什么要说的。”

“从短信里我们能感觉出来您是他的爱人吧，所以，关于石先生的医药还有……。”

“好了。我知道了，市中心医院是吗？我马上赶过去。”

我出来的时候刚好看到这一切，我听到桑小楼的声音又细又弱，被喘息的粗气弄的断断续续。然后她开始大哭，话筒啪地响了一声，砸在话机上，开始发出了连续不断的拨号的嗡嗡声。

“桑小楼，怎么了，发生什么事情了，医院打过来的？”

桑小楼坐在地板上，喃喃地自语：“木若出车祸了，不，他是植物人了，他一定是来找我的，他只保留了我的电话和短信的啊，可是我为什么要放弃他呢，我真的是个傻瓜。我没有去找他，唯一的理由就是因为我以为他要结婚了，我以为他从来都没爱过我。不，哦，不，他不是木若，他是石一诺，和我没有任何关系，不，他保存那些只是因为他没什么可保存的，因为他已经离家出走了。和我没关系，对，和我没有任何关系。”

桑小楼还在那里疯癫着，我这里的思绪已经激烈的不可收拾。一瞬间，似乎天地万物都停止了活动，甚至我的腿部也失灵了，我也瘫软在地上，我站不起来，情愿再也站不起来。我的头脑里，除了一诺，任何人的位置都没了。

渐渐的，我的脑海里浮现出一诺出车祸时他苍白的脸，一直到我想起了蓝竹妡，沈剑潇，苏亦薇，所有的人。

“哦，不，这不是真的，桑小楼，你告诉我，这不是真的。一诺还是个孩子，怎么可以这样对待他呢，不，我现在必须要去，我要赶到医院去。”

“你滚，石湛蓝，你滚，如果不是你，如果不是你神经质的爱上别人，如果不是你怀了那个男人的孩子，天天在一诺面前哭泣，如果不是因为那个女人长的和你那么相像让我放弃了一诺，就不会发生这么多事情。”

“小楼，你别这样。”我看到桑小楼眼睛里仇恨的目光，一瞬间我明白，这个时候我应该冷静，而不是跟着她一起发疯，我反过来去安慰她。

桑小楼突然不哭了，她站了起来，冷冰冰的看着我，仿佛要把我看穿的样子，她开口，说完之后她就大笑着出门了，而我则再一次瘫软在地上。

“石湛蓝，看在一诺的份上，我决定告诉你一个秘密，是的，我有很多关于你的秘密，不过这次我只准备告诉你一个，什么时候我心情好的时候，我再慢慢一个一个的告诉你吧。”

“石湛蓝，我现在要告诉你的秘密就是，半个小时内你赶回自己家，会看到一出好戏。”

G：落泪的戏子

你这一生，需要什么样的爱？刻骨铭心的爱？

温柔缠绵的爱？细水长流的爱？……

多年以后，她才明白，她只想要现在的爱。

因为，再美丽的过去，也比不上美好的现在。

· 1 ·

回到家的时候，我看到了三个人静静的坐在屋子里，一个男人的背影，很熟悉，只是不能确定。两个女人的背影，非常确定，是蓝竹妡和苏夏。

苏夏的声音依然那么四平八稳："蓝竹妡，你要找的人找到了，你不是说有话说吗？现在说吧。"

蓝竹妡依然是那种骄傲的腔调："吆，瞧瞧，苏大小姐，你还真以为是你的能力达到了可以动用一切找寻一个人的极限，别忘记，你不是妞妞。还有，他恐怕是你想找的人吧，我只是借着您大小姐找到的份上顺便提醒下他，孽缘是会有孽种留下的。"

"小桃，我知道，我谢谢你给我的一切，好吗？但是……"

"不要说但是，但是没有意义，那个小蹄子，天生一副情人相，我早就看不顺眼了，请你代替你的男人带她回家吧。"

"不，蓝竹妡，我只会接受亦薇一个女儿，今天我们就清楚的算完那笔帐吧。"

苏夏的声音里夹杂着愤怒，这让我有些愧疚，我眼前浮现出亦薇永远平静的微笑，我站在门口，静静地看着苏夏，而他们都看不到我的存在。

我的心里翻江倒海。

苏夏其实应该算是个苦命的人。我不知道她有多高的人生境界，也许只有她自己清楚。我相信每个人的人生境界都可以通过不同的途径达到同等的一致的绝对高度，我们看一个人，表面上他或平平无奇、默默无闻，或老奸巨滑、十恶不赦，或蜚声中外、高官厚禄，而我们都不能进入他们的内心去测量他们的人生境界。

我们不能否定平凡之人，他们也许已达到淡泊名利、参透万物的境地，也不能否定奸恶之徒，他们也许乃为大善而为恶。而那些挂起名牌，大喊口号的人士，我们几乎一致认为了不起，论境界，少不了他们一份。

还有两类特殊的人物：乞丐和疯子。乞丐的境界不能忽略。贾宝玉也终于成为“乞丐”，多么了不起的抉择。

疯子的境界不好说，且把疯子分两类，真疯子和假疯子。假疯子往往有大智慧，我想这点会有人同意。对于真疯子，在他疯之前也许就已经达到极高的境界，因不得超越而疯，因此也不能把他们从境界中驱除。对于先天就疯的，我很遗憾，我无法把他们安排到境界中去。还有一个问题得说清楚，同一个人的不同人生阶段，他的境界必定不一样。

因此，我对人生境界的定义是，一个人在完成生命的自然过程当中所达到的精神空间一致的绝对高度。这有一个前提，那就是我确信作为人，它是有思考、认知和实践的本能的。为了加以区别，我们就说正派的为正值，邪恶的一派为负值，他们的绝对值却相等。在这借用了一个数学概念。哲学家理性的思考到达什么样的高度，我们也可感知。在情感空间里，也必然有着我们难以测量的高峰。我想，每个人都有一种内在的要求，或者说被强加了一种内在的要求，要求他在精神空间里达到一致的绝对高度。

所以，苏夏的隐忍在我看来是一座值得永远怀念，想推又推不倒的巨碑。

但是，在绝对高度上，我也原谅了蓝竹妡的为人，但我不愿意去窥视她的境界。这是我的主观情感。

·2·

男人站了起来，我清楚的看到他的侧脸，然后我的心开始隐隐作痛，我尽量使自己保持冷静，错觉，一定是错觉。

但是他发出来的第一声咳嗽，就让我做出了一个非常疯狂的举动，同时也引出了一个悲剧。

“是你吗？你还知道来找我？”

我跑到男人面前伸出手就是一个巴掌。

我能听到自己的愤怒在身体里叫嚣，我没有想到他居然会来到我的家里，无论他是被蓝竹妡买通了，还是被苏夏买通了。

那一刻，我只看到一种被出卖的感觉在我的脑细胞里反复分裂。有一个声音在不停的暗示我，石湛蓝，你是个玩具，你从头到尾都是一个被利用的玩具。

我的五指尖利，用着常人没有的迅速，有血从他的脸上滑下，他的脸上多了五个指印，他的眼睛里流露出一种痛苦的不忍，他在后退，一直在后退。

沈剑潇，你也会恐惧，我在心里痛苦的悲哀着。

这就是我爱的男人，一个可以做我父亲的男人，他居然是串通了其他女人来报复惩罚我的魔鬼，你要了我的命，我居然还想着去暖你的心。

我恨，我将所有的恨都化成攻击。

“石湛蓝，你疯了。”同时从苏夏和蓝竹妡的嘴里发出一样的声音，不同的是苏夏是询问，而蓝竹妡则是尖叫。

他的脸色很难看，你……。

他慢慢在后退，一点一点，我意识到一种叫做危险的因子向我袭来，可是我来不及控制我的意识，就被蓝竹妡从后面飞来，扑倒在地上。

我和蓝竹妡撕打在一起，五颜六色的世界在我的眼前晃荡着，在我面前不停的变化着蓝竹妡狰狞的面孔，不可思议的耻辱。有一片班驳的画布在我的瞳孔里无限放大，有一个女人摇晃着坐在旋转木马上放荡的笑着，她的衣服破旧不堪，凌乱却又性感，她的眼睛里放射出龌龊的欲望光芒。

“蓝竹妡，你又疯了，你在干什么。我是你的女儿啊，你不要总是这样好不好。好啊，那你掐死我算了，如果你生下我就是为了满足你发泄的私欲，你现在可以尽情了，好吗。”

苏夏的声音让我们停止了纠缠：“骅阆，你怎么了，你怎么了……”

我闭嘴了……目光看向他。

蓝竹妡扔下了我，扑向了他。

他的心脏部位插着那把刀，多么准确无误的插在那里，他的一只手捂在刀上，另一只手扶在桌子上，抗拒着我们每个人前行。

“不要过来，都不要过来，你们谁过来，我马上拔掉这把刀。”

拔掉刀是会马上毙命的，三个女人这点常识还是知道的，

我们就那样眼睁睁的看着他的血一点一点的滴在地板上，无能为力。

我看着他，看着他，却不敢说话，因为我怕惊动了我的思考，骅阗，他是石骅阗。

我想开口的时候，他用复杂的眼神制止了我：“孩子，是的，都是我的错，是我把事情搞的一团糟，我不是人啊。”

接下来，他转向苏夏：“小夏，对不起，你要的我一直都没有给过你，我从一开始接近你就是因为你和她有太多相似的地方，我以为我能爱上，可是我失败了。”

最后他冷静的看着蓝竹妡：“小妡，我找过你，也逃避你，其实我一直想告诉你一句，我最无法面对自己的，就是你在我心里的位置从来都没有办法动摇，即使我从来没有在形式上接纳过你，事实上我的爱情早就接纳了你。或许从一开始就存在着，是我不知道，是我的愚蠢和固执导致了今天的一切，是我的放纵导致了你的悲剧，导致了大家的悲剧。”

又是一声女人的尖叫，他说完这些话的时候迅速有力的拔掉了刀，血像喷泉一样泻出，他微笑着倒下了。

他最后一句是：“小妡，我……爱……你。”

在蓝竹妡与苏夏撕心裂肺的哭声中，我悄悄离开了。

他倒下时我看到他用眼睛告诉我，孩子，不要，不要再去惩罚太多了，一切就算在我的头上吧。

我原谅了，原谅了所有的人，我想，我现在需要做的就是，安静的去惩罚自己这次乱伦的结果。

沈剑潇是我的父亲，而我的肚子里竟然有了他的骨肉，这个世界真的太残忍了。

· 3 ·

现代科技真的很是发达，我存了三个月的人被三分钟搞定，出来，我知道我的肚子里少了一个东西，可是我没觉得轻松，反而觉得沉重了。

我决定，就让耻辱永远压在我身上吧，石骅阆死了，但沈剑潇只是失踪。

蓝竹妡，看在你生我养我的份上，我将用自己的一生内疚换得你的安心，因为我用我的龌龊换得了你的爱情。

或者，我应该遗忘了，我想，我该去看看我亲爱的妹妹了。

还有，我亲爱的弟弟。

还有……

“桑小楼，很巧啊。”

我在医院门口见到桑小楼，她脸上有嘲弄的表情：“石湛蓝，我的第一个消息还算不错吧。”

多么美丽的脸庞啊，看到她的时候我再一次浮现出亦薇的微笑，那么干净的，她们都是如此的年轻，可惜这样的年轻被桑小楼扭曲的不再干净，她的五官在我的眼里变成两个字：阴谋。

“桑小楼，你从一开始就知道的，是吗？”

我尽量很平静的说话：“我是石湛蓝，天地下独一无二的天生情人命，所有的事情对我来说，都无所谓，即使乱伦这样的耻辱。情人并不是谁都可以做到的，我要对的起我情人的长相，不然我怎么可以叫石湛蓝呢？

所以，桑小楼，我没觉得那个消息有什么不错的，相反，很糟糕，因为，你让我觉得我很强悍，我居然能将乱伦进行的如此隐秘并且镇静，足以证明，我是一个多么出色的情人。”

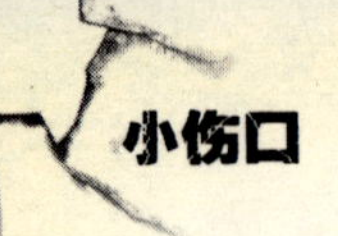

桑小楼显然被我的镇静唬住了，但是她毕竟是做过心理咨询师的人，所以她很快就调整了自己的情绪，她捋了下遮着眼睛的刘海，神秘的冲我使了个眼色："石湛蓝，人死不能复生，节哀顺便吧。"

"桑小楼，不好意思，让你操心了。人生下来就是为了死，我倒觉得很正常，死对于他是个解脱。"

"哈哈，石湛蓝，如果你有胆量，就请你在半个小时内再赶回家，我保证你会看到一出更漂亮的剧情。"

"桑小楼，别玩的太过，一诺会看着你的。"

桑小楼离开的时候狠狠地瞪了我一眼，她说："石湛蓝，如果没有你的出现，一诺是爱我的，所以我要你死。"

望着桑小楼的背影，我淡淡的笑："爱情真的很可怕，它能让人迁怒，可惜，石湛蓝已经不会再死，因为心已死去。"

· 4 ·

我一直认为，我是看不到蓝竹妡与石季守的对手戏。

我还是错了，我又错了一次，原来，我真的不是一个成功的巫师。

我在门外，是的，我站在门外，静静地观望着门里那对男人和女人，他们在演绎一出绝美的华丽夜宴。

他背着她："我是不是该正式上场了，他已经死了，我这双眼睛终于可以真正派上用场了吧。"

她没有说话，只有抽泣声。

他转过身，她看着他，一直看着他。

他说："或者你可以剜下我的眼珠子，保存起来。"

她依然在望着他的眼睛，她的眼睛里充满了溃败，羞辱，但是，当他的脸上终于现出令人绝望的怜悯的表情时，她似乎发觉她大错而特错了，对此她感到恐惧。

"石季守，原来你一直都知道……"

是的，不只如此，事实是，他已经知道了她的过失。

走，跑吧，快跑啊。蓝竹妡，带着被他击破的自尊从这里跑开。她刚一想到这里，就拿出了行动，她从椅子上站了起来，赶紧逃跑。

她还没跑到院子里，他就抓住了她，奔跑的冲力使她猛地转了过来，撞在了他的身上，撞的他晃了两下，蓝竹妡突然直面投入他的怀里。

"棘手，这些年来你一定是渴望着这个，渴望着得到我的，可是你怎么能因为这个就把你培养得只会从幼稚的观点来看待我，把我看成神圣不可侵犯的东西？"

"蓝竹妡，我所知道的并不多，仅有的就是湛蓝虽然不是我的女儿，也不是他的女儿，对吗？"

这一次，惊呆的不是蓝竹妡，而是躲在门外的我。

原来，原来如此……

我突然就大笑起来，眼前是沈剑潇，不，是石骅阒苍老的面容，他说："孩子，都是我的错，我不是人啊。"

那是什么时候的事情了？我已经记不清楚，时间不再以时，分，秒来计算了，而是开始从我的身边漂流而去，直到它变的毫无意义。

蓝竹妡，你一个瞒天过海的谎言，亲手毁灭了你的爱人，你的亲人，你身边的人。

我冲了进去，冲破了石季守好容易得到的爱情，是的，我也恨他，为什么他什么都知道，可是却那么自私的不告诉我。

“妈妈，蓝竹妡，我恨你。”

我的目光如针一样的刺进蓝竹妡的身体里，我拍着自己的肚子对她说：“看着这里，你知道这里曾经有一个生命，他会叫你外婆。那你知道他是谁的孩子吗？是的，他是你最爱的人的孩子，现在你明白了当你带着我出现在石骅阒的面前时，他为什么自杀了吗？因为他就是沈剑潇。”

蓝竹妡一声尖叫，一个箭步跳到我面前，叫嚣：“你这个……”

我摔开她的身体，接过她的话：“狐狸精，是的，我真的是个狐狸精，我天生注定做别人的情人，可是我不够精明，我不够做到一个完美的小情人，居然以为自己真的和自己的父亲乱伦了，却不知道是自己的母亲亲手制造了一个骗局。”

蓝竹妡的身体开始发抖：“你，石湛蓝，你……”

我哈哈大笑，然后用力的捶打自己的肚子：“孽种，到底谁才是孽种。蓝竹妡，你费劲了心思，你终于如愿以偿的让石骅阒告诉你一句，他爱你。可惜，他对你的爱用在了我身上，哈哈，你终究还是得不到他。”

疯了，是的，此刻有个女人疯了。

不过，不是我，是蓝竹妡，她在我面前疯了。

· 5 ·

我亲自将蓝竹姸送到了精神病院，她一路上很哲理的给我讲故事：“相爱的人最怕对方不够爱自己，不想放开爱情的人却输给了时间，想爱的人就要愿赌服输。

世人就是这样，知道爱情令人麻木，虽不愿如此背负，却还是义无返顾。

在绝对意义上，女人是要融合男人的精血的。

不要和一个你爱的或者爱你的，或者是你爱过的，或者是爱过你的人去谈论曾经的真假。

一切真是‘真’的，‘假’也是‘真’的。你眼睛看到的，也是你心灵看到的，都由‘真无’构成，演绎各种生命形式和非生命形式。”

人的眼睛看到的，真的不如心灵看到的，你一定要感受当时你和他在一起时的心情，那才是真的。

是的，那才是真的。”

我将蓝竹姸推到她的病床上：“是的，这张床才是真的，你在这里游说你的病友们为你祈祷吧。”

“希望你成为他们的领袖，做个疯子的领袖也需要魄力的。”

· 6 ·

石季守说：“湛蓝，如果你觉得可以的话，你还是可以叫我父亲的。”

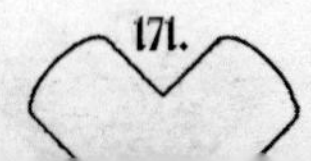

我没有理他，我告诉他，我要去看望一诺，既然我们没有血缘关系，如果他同意，我想，嫁给一诺。

他没有看我，叹了口气，他说："那桑小楼呢？"

"你觉得像她那样心里充满了仇恨的女人适合一诺吗？"

石季守看了我一眼："湛蓝，你能说你心里没有仇恨吗？你也在恨我，不是吗？"

"既然你知道，那就告诉我，到底还有多少秘密。"

"不，没有秘密了，现在有的只有细节了。"

"告诉我。"

"你去找桑小楼吧，你告诉她，是我让你去的，我也是个罪人，只是我现在还不想忏悔。"

我给桑小楼打电话，我告诉她，我已经知道了一切秘密，现在我想知道的就是细节，我也告诉她，是我的父亲让我找她的。

尽管已经到了现在，我仍然用了一个父亲去称呼石季守，我想，我这样的说法也许会使桑小楼不那么恨我。

果然，她很惊讶："你叫他父亲。"

"是的，他是我的父亲。"

"好吧，石湛蓝，你在广场等我半个小时。"

·7·

桑小楼很慢，已经过去半个多小时了，她还没出现，我坐在喷泉边上的长椅上无所事事，就观望着一些行人。

广场很大，人很少。

不久过来了一个小女孩，走路还不大稳，后面的女人叫她不要跑。

孩子并不那么听话，还是那么高兴，大概是跑得热了，还脱了外衣。

女人喊了她在我旁边坐下。

小女孩跑过来，从袋子里翻出个桔子。我看她的小手到处乱碰乱摸的，不大干净。小手还不大灵巧，剥桔子皮时连瓤都弄破了，把那桔子吃得手上脸上都是。

我突然感觉到，从小孩到大人，多么的不容易。二十的光景多么漫长。我小的时候也许也就那样，脏兮兮的小手抓了东西就吃，她还挺懂事，会把果皮扔到垃圾箱里。

女人也许累了，不一会就坐着合眼打盹。小女孩在她身边的座位爬上爬下的，忽而看着过往游客、忽而登上女人的大腿找怀抱。

女人不知为何感到厌恶，一连两次甩开她的小手继续打盹。小女孩不解，再三登上女人的大腿，女人又是厌恶地甩开。这一回用的力比较大，小女孩站不稳差点要摔倒，两只小手紧紧抓住女人的衣服。

女人睁开眼，变起了脸，竟抬起手来打她的脸。小女孩委屈了，哭了起来。女人看她哭了，又继续打她的脸，仿佛要打到她不哭为止，小女孩越发委屈了。

我默默地看着，心里为她流泪。我想过去叫女人不要打了，小孩子需要父母的爱护。然而我没有，我心里竟然有一些解气的感觉，小时候蓝竹妡就这样打过我？不，她是比这更厉害的羞辱我。

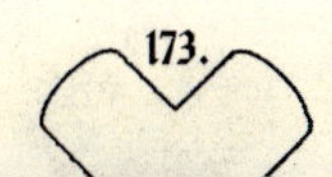

小女孩哭声不止，女人不想理她了，起身想摆脱她。小女孩再也抓不住女人的衣服，从女人的侧背滑下，小脑袋碰到椅背上，发出一声轻响。小女孩想爬起来抓住女人的手，女人又是一甩。小女孩本就没能站起，此时更是往后一倒，小脑袋又碰到椅背上，声音是那么响。照那响声，应该感到疼了。小女孩哭得更大声了，再也不爬起来了，对着女人哭，小手小脚虚张着。

女人又坐下来，一下子抱过她趴在大腿上，抽出一只手来打她的屁股。我都看不下去了，心头仿佛凝了血。然而我还是没有过去好言想劝，我只是默默地看着，并不言语。

其实，她只是想让妈妈抱一下，只想妈妈抱一下，做妈妈的就那么厌恶吗？

或者，她也是和我一样的贱人胚子吧，我想。

我突然很想知道，我到底是谁的孩子，我的亲生母亲到底是谁？

·8·

桑小楼一如她第一眼出现在我面前的优雅，她翘着兰花指，眼圈是黑色的，烟圈是白色的，脸却是没有颜色的。

两个女人对峙，不是一个很漂亮的场面。

我在桑小楼旁边的长椅上坐下，身子侧转，这样我就能清楚地看见桑小楼了，看她脸上复杂的表情。远处，建筑工地上的男人们在叫喊着，用锤子敲打着。

桑小楼说：“我们从沈剑潇说起吧，也就是石骅阗。”

我没有表情，因为我知道我听到这个名字就心痛，可是现在不是我心痛的时候，我所能做的就是安静地听桑小楼讲故事。

石骅阗失忆，是的，这不是个开玩笑的事情，而是千真万确的。

当时，苏夏坐在他的对面，她对这个男人感兴趣不是因为他单纯的是一个比较有魅力的男人，而是因为她手里拿着一张与这个男人非常相似的照片，照片的背后写了三个字：石骅阗。

蓝竹妡托了很多人联系到苏夏，拜托她一定要找到这个男人。

算起来，苏夏与蓝竹妡应该有很久没见面了吧，苏夏对于她的长时间失踪已经习以为常了，自从发生青蛙事件后，苏夏并不认为蓝竹妡不会再出现蝌蚪之类的事情。

旁边有男人龌龊的搭讪声，苏夏没有转身，从脊背发出渗透人心的冰凉赶走了那些无聊的男人。

苏夏一直观察着对面这个男人，他持了一个空酒瓶子，对着推广小姐坏笑着，酒瓶子在手里玩弄着，另一只手里拿着几张红颜色的钞票，在推广小姐面前晃来晃去，却不开口卖酒。

这个男人的品质倒是符合蓝竹妡的审美，有些邪气的男人。

可是，总是有些不对，到底是那里不对呢？苏夏也说不上来，她有些不爽，这个男人不是一般的让人灼眼，尽管两个人之间的距离有大约十米左右，苏夏仍然无法让自己的视线从他身上挪开。

是的，苏夏是先看中了这个男人，才发现他和蓝竹妡要寻找的男人很相似。

如果不是，他就是我的了。苏夏咬了下嘴唇，淑女的在心里

下了一个很不淑女的决定。

苏夏经过男人身边的时候低声的叫了声："石骅阗。"

男人放下手里的酒瓶，回过头盯着苏夏看了大半天，眉头皱起来，很帅气的问了一句："你在叫我吗？我叫石骅阗？"

苏夏摇了摇头，抱歉地笑了下，意识到自己大概认错人了。同时，她又窃喜，那么说，他有可能是属于自己的了。

她轻轻地笑了下："不介意请我喝杯饮料吧。"

话一出口，她的脸就红了，这样的搭讪方式好像是蓝竹妡一向的作风，而自己从来都是不齿这样的行为，苏夏坚持认为，女人就是一定要矜持的。

"不介意，你很特别。"男人的手顺势放在了苏夏的腰上。

苏夏愣了一下，身上像被蜜蜂蛰了一下，瞬间便恢复了正常。

苏夏一口气喝下了男人递过来的杯子，然后几乎是没有标点符号的说完下面这段话。

"我叫苏夏。谢谢你的饮料，不过你不用告诉我你的姓名，我不感兴趣的。但是如果你对我的联系方式感兴趣，我不介意留下我的手机号码。"

男人的眼睛里闪过一丝诡异："苏小姐，不好意思，你刚才喝下的是我专门让调酒师为我特制的，你真勇敢，我通常是需要品半个小时的。"

苏夏来不及思考，便倒在男人的怀里，倒下之前，她听到了一番话，让她以足够的力气去继续晕阙。

"亲爱的，我不介意你留下你的联系方式，可是我介意你准备一个人逃跑。你是我车祸后遇到的第一个叫出我身份证上姓名的女人，你身上有我熟悉的味道，我想，你是我寻找的那个女人吧。”

是的，这个男人就是石骅阗，蓝竹妡托付苏夏寻找的男人。

·9·

“等等，桑小楼，你的意思是石骅阗曾经失忆过……”

桑小楼没有理会我，继续她的讲述。

“通常一个失忆的人要再恢复记忆是漫长的，可是不能排除这个世界上到处充满着奇迹。比如出了车祸失忆的人需要再出一次车祸就能恢复记忆，而像石骅阗这种因为感冒而失忆的人本身来说就是一个异数，所以说，他在与一个陌生女人一夜情后再恢复记忆也就成了常数了。”

石骅阗在蓝竹妡失踪后就生了一场大病，病的很严重，胡言乱语，他一直强调，他是被迫和一个他不爱的女人发生了关系。

醒来后，他问医生：“这里是什么地方？你是谁？我又是谁？”

医生瞪了他一眼：“不要给我装傻，你在特护病房待了半个月了，快联系你的家属来结账。”

石骅阗仍是一脸迷茫：“我的家属，谁啊。”

医生有些崩溃的冲着身后的护士叫嚣：“都是你们这群小丫头，照顾帅哥，这会照顾到了，现在人装傻，医药费怎么办？”

有一个扎着两个小辫子的实习生小声的喊了声：“也许他记银行卡的密码哦。”

“笑话，谁见过傻子记的自己银行卡密码的。”医生有些抓狂。

“谁说的？银行卡密码当然是2412……了，不行，密码可不能大声的说出来，像我这么爱钱的人，嘿嘿。”病床上的石骅阗突然很大声的喊起来。

大家在研究医药费问题的时候，石骅阗在一旁翻阅着护士拿过来他住院前的衣物，然后他翻出了一张银行卡和身份证。

“原来我叫石骅阗啊，名字真是好听。好了，跟我去刷卡吧。”

所有的人都目瞪口呆的看着石骅阗一跃而起，然后大家来不及眨眼的功夫，他就跑出去了，等医生反应过来正要喊大家去追的时候。

他拽拽地拿着一张单子回来了：“嘿，你们医院效率真是快，结账不到一分钟啊。有钱就是好办事。”

再一次在大家瞠目结舌的情况下，他出院了。

这个事情后来被广泛流传，一个忘记自己叫什么名字的病人非常准确的报出了自己的银行卡密码。

可见，金钱的魅力无处不在。

这些都是后话，我们继续转回来，石骅阗的传奇并不在于这些，而在于他带着苏夏从酒吧回家后的事情。

应该是在凌晨两点的时候，石骅阗从苏夏的身上爬起来，然后他表情凝重的望着床单上的红色。

“小苏，你是第一次。”

苏夏此时的酒也醒了，她只感觉到头疼，明明守了20多年的初夜就这样被一个认识不到一个小时的男人拿走，她不但没有羞愧，反而有些开心。

她在回味他的粗暴和他的狂热，她羞涩地倒在他怀里，感受空气里那一丝丝带有血腥的气味，精液与血液混合在一起的潮热让她有些喘不过气来，她觉得心跳有些加速，她拉过石骅阗的手放在自己胸前。

“我喜欢你，第一眼就喜欢。”

“滚开。”

这是石骅阗给苏夏的第一个打击。

“你是她派来的，你是她买通的，难怪你知道我叫石骅阗，说吧，苏夏，蓝竹妡让你做什么？”

石骅阗接下来的话让苏夏没办法思考，她知道，她是真的爱上了这个失去理智的男人，她无法理解的是为什么他会突然想起自己是谁。

不，绝对不能，绝对不能让他知道她与蓝竹妡的关系，而且，这个男人一定必须是她的。

这个想法很快的就笼罩了苏夏。

她开始哭：“我不知道你在说什么，我不认识什么蓝竹妡，我只知道我以前经常在酒吧看到你，知道你叫石骅阗，我很早就喜欢你了，而且是第一眼就喜欢，不然我怎么会把自己的第一次就这样给你。你可以不爱我，可以不要我，可是你为什么要说这么奇怪的话来羞辱我。”

“我只是爱你，我有错吗？”苏夏开始哭，泪水像潮水一样涌出。这个时候她的确是在表白，她的谎言混合着她的告白一起流淌在屋子里紧张的气氛中，慢慢缓和了节奏。

石骅阗叹了一口气：“对不起，我刚刚恢复记忆，失态了，

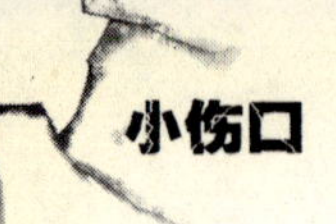

你是个好女孩，我会对你负责的。”

苏夏再一次躺在石骅阗的怀里时，却是悲哀和怨恨，为什么什么都是蓝竹妡的。

因为石骅阗在抱着苏夏的时候说：“你们有点像，又有些不像，她是嚣张又敏感的，你却是乖巧又固执的，我到现在才知道，失去她就是失去我自己。”

是啊，能不像吗？苏夏走的原本也是属于蓝竹妡的人生，即使不像也只是表面。

· 10 ·

我很好奇：“桑小楼，你是如何得知这么多消息的？”

桑小楼点了一根烟，面无表情：“湛蓝姐，其实到现在，我是很希望能叫你一声姐姐的，我和你说这么多，都是因为我爱上了一诺，否则，我不会说这么多，即使是他安排你来的。”

桑小楼在说他的时候眼睛里露出一丝凶残。

我知道她说的是我的养父，石季守。

桑小楼说：“我所知道的远远不比你想象中的少，恐怕连他也不知道，我到底知道多少？”

“那你到底知道多少？”

“湛蓝姐，你别着急，我慢慢和你说。我是他收养的孩子，这一直都是个秘密，而他收养我的目的是让我去勾引石骅阗，然后制造一个弥天大谎。他的目的就是为了让蓝阿姨死心，可是事情居然奇怪的发展成你出现在了这个故事里，所以一切都不用设计了，剩下要做的就是想办法让石骅阒相信你是他的女儿……”

我想起石季守那善良的面容，不，其实他还是很英俊的，因为他那张脸和沈剑潇多么的相像，我到现在，仍然坚持叫他，剑潇。

我的母亲，确切的是我的养母，她因为这张酷似的脸报复性的嫁给了他，结果真的报复了所有人，也包括他自己。

而他自己因为他那张脸，得到了一些该拥有的和不该拥有的，同时也为了他那些不该拥有的爱情伸出了罪恶的手。爱情原本是美好的，可是每个人却都为了疯狂得到这个美好做出了那么多丑陋的事情，这样的爱情，不要也罢。

我尊敬他，他毕竟养育了我，可是我也恨他，因为他毁灭了我和一诺的爱情。

在桑小楼的故事里我一点一点的降落着，多么可怕的人们，居然所有的事情只有我一个人是傻瓜。

难怪一诺一直以来那么明目张胆的反对我的爱情，难怪在我们已经成年以后他们仍然允许一诺在我面前放肆，原来连一诺自己都知道，我不是他的亲姐姐。

原来，他们用我的爱情当成了赌注，他们说，等一诺23岁生日的时候，就让我们成婚。

多么可笑，一诺23的生日现在是在医院里做一个什么都不知道了的植物人，而我却在这里听一个天大的笑话，而这个笑话竟然是从一诺的女人口里说出来的。

不，我错了，这些都不是最可笑的，最可笑的还在后面。

桑小楼在掐灭最后一根烟时，她说：“湛蓝姐，我不想说了，我带了一本日记，你自己去看吧，我要去陪一诺了，我要等他

醒来。”

临走，她又微笑地说了一句：“湛蓝姐，别想着用一诺去惩罚他，因为他现在已经受到惩罚了。他现在在痛恨自己害了自己的亲生儿子，我不希望任何人去打扰他的忏悔，因为他活该。”

可是……我有些不解，这个和我跟一诺有什么关系呢？

桑小楼看穿了我的心事，扔出了最后一个炸弹：“姐，一诺不是他的儿子，他是石骅阗的儿子，这个秘密只有我一个人知道，连蓝阿姨自己都不敢确定。”

我拿着那张DNA化验单和厚厚一摞日记，我知道，世界末日暂时不会来临了，因为审判的时间需要很长很长。

H：谁偷走你的贪婪

你的感觉比整个世界都大。

面对巨大的心灵距离却视而不见，反而庆幸你的富有。

你相信这个世界上快要消失的那份真情正牢牢地握在你的手中，你看见晨星会笑，看见晚霞会颔首，遇见晦暗的严冬也不皱眉，你以微笑面对一切。

· 1 ·

关了灯。

蓝竹妡躺在床上突然发出声音，正在倒热水的护士被她吓的抖了一下，随即关了灯。

病房有些冷清，靠着月光的照射，护士把杯子放在蓝竹妡旁边。

“喝药吧。”

“不。”

蓝竹妡冷静地看着她面前的护士，冷静的让护士觉得不寒而栗。她的眼睛从天花板转到床上，再从床上转到护士的脸上，先是发出一声轻笑，嘴角微微扯动，可是瞳孔里竟闪着一些晶亮。

是午夜时分，月光从窗子缝隙斜射进来，有鹅黄色的妩媚，夹杂着淡青色的凄凉，混合着如水的女人心思，流露出一个暗夜妖娆的悲伤氛围。

窗帘动来动去，合着羞涩的月光一起旋转，在白色的墙壁上映出一个大大的弧状轨道，仿佛要将一个生命从这个空间牵引到另一个空间去。

而这时的月光，这时的蓝竹妡，都被笼罩上了一层鬼魅的惨色。

年轻的护士身体不由自主地颤抖了一下，她伸出手扶住蓝竹妡，将她半靠在床头，然后低声说了句："节哀顺便吧。"

蓝竹妡紧紧地咬着嘴唇，似笑非笑地呓语："你们太会开玩笑了，怎么可能呢？我蓝竹妡生的女子肯定是狐狸精，活上几百岁都没问题，生下三天就见阎王，不可能，你们肯定搞错了。"

"蓝小姐，你……别这样，你还年轻，以后还可以再生的。"

"滚，你个碎女子，你知道个啥，贼你妈的，没有男人我和谁生去。是不是你把我娃掐死了，你个骚狐狸，肯定是你。快还我娃来。"

蓝竹妡突然咆哮起来，连陕西话都骂了出来，一跃而起，扑向年轻的护士："我要杀了你。"

护士吓得赶忙逃离，连声说着："蓝小姐，你别这样，你别……"

蓝竹妡扑了个空，跌落在地上，她索性爬在地上不起来，大哭。

即而，转成抽泣。

夜越来越深了，蓝竹妡躺在地上渐渐睡着了，脸上还留着泪痕。

窗外站立着偷看蓝竹妡睡去的护士拍了拍胸口，深深地吐了一口气，弯下腰伸手拍下半蹲在地上的女人："好了，没事了，看你那胆小样子。"

那是之前从病房冲出的那个护士，她脸色煞白，眼中的光芒渐渐在泯灭中有了一点气色，但仍然充满了惊恐，木然的，像一只受过惊吓的小鸟，惊慌失措、无助地蜷缩在墙角，神情恍惚，眼睛游离在走廊，嘴里不停地念叨着："疯子，她是个疯子。"

"白痴，上了几年学，常识全还给学校了啊，那是正常现象，人受了严重刺激后会出现精神崩溃，蓝竹妡这个应该属于是反应性偏执：以被害妄想为主，常无明显意识障碍。可有牵连观念，认为周围人都在议论、指责或讽刺自己，甚至怀疑自己受到监视、跟踪或迫害。怀疑的内容和对象围绕精神创伤体验，无泛化倾向，伴有生动的情感体验，有的还会幻听或幻视。”

“那她就是疯了啊。”墙角的护士心有余悸，慢慢站起来，眼睛却仍然恍惚不定地看着病房里面。

“你才疯了，我看你也有点问题了，还做护士呢，连基本常识都不知道，精神崩溃只是一种形象的说法，并不是一种疾病。一般是指一个人在精神上受到极度刺激而无法承受时的状况，如语言和行动反常，甚至扬言杀人或自残自杀等。蓝竹妡现在就是这样的一个情况。好了好了，别乱想了，快收拾收拾，早点休息吧，我可不想天天值夜班。”

两个人慢慢地朝走廊深处走去，空荡荡的走廊在浑浊不清的廊灯下摇曳不定，像一只孤魂野鬼一样发出呜咽的声音。

午夜时候，又发出一声女人的尖叫，随后，有东西掉在地上破碎的声音，病房陷进了黑色的深渊里。

·2·

这个世界上最悲哀的不是失去亲人，而是失去自己。

一个女人不可避免的在丢失了爱人后，又丢失了自己，那么这个女人即便不会发疯，也会失常。在以后的现在，我终于明白了，我的母亲蓝竹妡是一个可怜的女人，这个事实在二十年前就已经成为定性了。

而我的悲剧是怎么产生的?

悲剧应该是从XXXX年的XX医院产生的，在失去孩子的第六天，蓝竹妡挣脱了护士的视线，冲向活动操场，手里拿着被自己撕碎的床单，正在漫天抛撒。一边撒，一边喊着：“给你们，都给你们，你们都是假的，假的。”

几个医生慌乱地围堵蓝竹妡，生怕她做出危险的事情，他们一边围着蓝竹妡，一边安慰缓解她的情绪，蓝竹妡却像没有听见似的，趁几个医生的包围圈没有成形，灵巧地跳了出去跑到了活动场地的边上，把手里剩余的碎床单强行塞进了几个病人的口袋里。

嘴里大喊着：“吃死你，吃死你，你不是喜欢吃人肉吗?那就吃死你，想吃掉我的娃，先噎死你个贱人。”

人在极度愤怒的时候力量也是无穷的，几个身壮如牛的男医生也无法控制她的行动，无奈之下，有人注射了镇静剂给她。

蓝竹妡慢慢地倒了下去，神情诡异，低声地说：“我还会回来的。”

那个场面仿佛恐怖片里被鬼缠身的人被解救时一样，在场的人都忍不住打了一个冷战，

有人说：“情绪波动太大。”

有人说：“没想到一个孩子的事情就这么刺激她，她真的是个多情的女人啊。”

有人摇摇头，轻轻地叹息。

蓝竹妡被软禁在特护病房里，薄薄的窗纱隔在这笼中的女人与其他有家也有个性的人中间。这些可怜的人，他们也有自己的住所，在自己的住所里他们那亲切的面部表情才被理解。仅只有这道

窗纱不同。

他们只有对自己暗示过往事是虚假的才能睡去，虚假的往事就是他们永远的梦中情人。这个情人向病人兜售着各种梦，就像男人对女人兜售情欲一样，就像呼吸一样没个停顿。

蓝竹妡年轻的时候确实是一个美丽的女子，美丽的女子都是自恋的，她喜欢漂亮的衣服，喜欢独特的打扮，就连在病房，她也要特立独行，坚决不穿病服，她说自己是女神，是不能离开女神的服饰的。

是的，蓝竹妡有着现代女性孤艳冷漠的气质，如果说她真的是女神的话，那么她的打扮，看上去不像青春女神茜比，而是属于狩猎女神阿特弥斯那样的女子。事实上，我一直认为年轻时候的蓝竹妡是个女巫，长得非常美丽，体态婀娜，皮肤柔嫩，温顺可人。

年轻时候的她，常年穿着一件墨绿色的丝质长裙，领子和袖口上都镶有蓝绿相间的亚麻花边；脚蹬一双宝石绿的长筒袜。她的神情时而自信，时而羞怯，与后来她那敏感猜疑的神色完全不同。

石季守第一次见到她的时候，惊诧于她冷漠孤傲的态度举止，连声说："她是个时髦新潮的女人。"

那时她刚从医院回来。她在那儿度过了三个月，在那所医院里一边疗养，一边回忆。

· 3 ·

大约是在深秋的时候，蓝竹妡出院了。

走到小南门的时候，蓝竹妡突然很想去护城河边坐坐，尽管有点冷，而她身上的毛衣并不能阻止秋寒的袭击，可是她仍然坚持在那里坐了一个多小时。

她后来说，很多东西都是注定的，遇到我，遇到我的父亲——石季守。

那时的我安静地躺在石季守的怀里，目不转睛地盯着这个女人，他也盯着这个女人。而蓝竹妡似乎没有看到我与石季守的存在，她不停地打着哈欠，嘴里嘀嘀咕咕地说着："我是不是丢了什么呢？"

石季守一只手放在我的腰里，另一只手在蓝竹妡的眼前摇晃着："美女，干嘛呢，你在这里发呆很长时间了。"

"我发我的呆，和你有关系吗？"蓝竹妡眼都没抬一下。

"当然有关系啊，我要赏风景，可不想赏画。"

"喂，你这个人有病是不是，你……"蓝竹妡怒气冲冲地站了起来，然后她就愣住了，"是你？你怎么会出现？你还抱着个孩子，你……我知道了，是你，一定是你把孩子悄悄带回家去的，我就知道，你是爱我的，你不会不要我的，我就知道，你一定会回来，一定会的。你真的好坏啊，你真的是个坏男人，我恨死你了，你走，我不想看到你。"

石季守被蓝竹妡吓坏了，就看到蓝竹妡的脸像疯狂的暴风雨来临前的变幻，时而哭，时而笑，时而羞涩，时而跋扈，然后她慢慢地捂着脸瘫坐在地上，从低声抽泣到大声嚎哭。

"哦……"石季守明白了她肯定是认错了人，他耐心地解释："美女，这个孩子不是我的，是我从路边拣回来的，正准备把她送到孤儿院去呢。而且，而且我们好像不认识啊……"

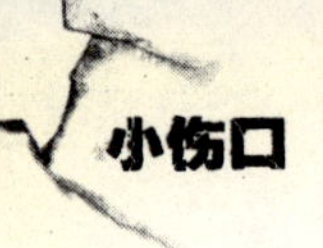

“石骅阗，你可以说不爱我，可是怎么能说不认识我呢？”蓝竹妡突然停止了哭泣，怒气冲冲地从石季守怀里抢过我，“乖孩子，妈妈抱你，不跟你这个无情无义的爸爸计较哦。”

石季守饶有兴趣地看着变脸像六月天的蓝竹妡，不再和她关于自己是谁这个问题争论，他当时的想法是，我一定要把这个女人娶回家。

认错一个人很多时候并不是一件坏事，也许是另一件好事的开端，至少蓝竹妡认错了石季守后，她确实也平静了十多年，她嫁给了他，而我也成了她的女儿——石湛蓝。

即使在后来知道了自己认错人后的蓝竹妡，有的时候仍然会落入自己的臆想之中。第一，石季守和石骅阗都姓石；第二，石季守和石骅阗真的非常非常像；第三，石季守出现的时候刚好是她孩子丢失的时候。

或者是天意，也许是这个世界上另一个空间里的石骅阗来补偿他对自己的伤害，蓝竹妡总是用这样的想法安慰自己。

蓝竹妡对石季守说：“你要娶我吗？那我们就收养这个孩子吧，而我也不会再为你生育了，你能接受吗？接受我们就结婚。”

石季守没有点头也没有摇头，蓝竹妡也有点担心他会反对，于是她又加了一句：“以后我会告诉你真相的，可是现在我还没有准备好。”

石季守笑了一下，就转身出去了。

离开的时候他的手左右上下翻了翻，没有人知道他的意思。或者连他自己也不知道，只是人在需要考虑的时候会下意识做一些掩饰性的动作，并没有特别的意思。

蓝竹妡用自己的思想去理解了，她觉得石季守是在说，我会仔细考虑的，给我一个来回的时间。

那应该是一个星期吧，因为上帝造人用了六天，最后一天是休息，再重新刚好就是一个来回。

·4·

时间一天天地过去了，蓝竹妡却再没有见过石季守，没有收到一丝他的音讯。他不准备理她了？他不想进一步了解她的秘密了吗？她每天心事重重，焦虑、痛苦极了。但她自己很清楚她是在自寻烦恼，她明明知道他会来的。

她对任何人都只字不提这事，事实上她也没有谁可以提的。

蓝竹妡更想的似乎是那张和石骅阗一模一样的脸，还有那个孩子，那应该是她的孩子，蓝竹妡坚持认为。

上帝是会原谅有细微过错的人的，蓝竹妡相信上帝会还给她一个很美好的故事。

不出所料，一个月后，石季守果然托人捎来一张便条，问她是否愿意一起去他在郊区的房子里喝茶，他还有一个朋友也过去，约好了五点钟大家见面。

“他为什么不单独约我呢？”她立即提出这个问题。“他是想保护他自己，还是认为我不能单独去？”

一想到他要保护自己，她心中马上就一阵难过。

最终她自语道：“不，我不想见到他的朋友，因为我想让他多对我说些什么。我绝对不能让第三者介入我们中间，我要提前

去，这样我就知道他是什么意思了。”

蓝竹妡看了下时间，离约定的时间还有两个多小时，她简单收拾了一下就出发了。

她坐上了电车，车子爬出了城市，驶向他的住宅。她觉得自己远离了现实，似乎进入了一个梦幻般的世界。她看着市区破烂肮脏的街道慢慢后退，好像她是一个与此没有任何联系的人，这一切和她有什么关系呢？她再不去想别人怎么看她了，人们在她的世界中消失，她不受任何约束。她模糊地觉得自己从物质外壳的生活中分离开来，就像一只浆果从它熟知的世界中落下来，落入未知世界。

她现在就是要奔向她的幸福而去，她的男人，她的女儿，仿佛就像上帝早已经给她准备好的礼物，现在就等着她去采撷。

她推开门的时候，石季守正站在屋子中间，怀里抱着咿呀学语的石湛蓝，给孩子喂奶粉。他真的是个好男人啊，蓝竹妡感叹道，然后她大声地说：“我来了，我提前来了。”

蓝竹妡自己都能感觉到说话时身体里有什么在颤抖。

他抬起头，也激动得厉害，她看到他浑身在发抖，好像有股强大的力量从他那瘦弱的身上迸发出来。

这力量震动了她，令她神魂颠倒。几乎让她眩晕，蓝竹妡试图给自己找到另一个出口，她开口了：“把孩子给我，让我来。”

“你提前到了。”他说，脸上看不出任何喜怒哀乐，让人不知道他在想什么。

“是的，——你的朋友不能来，至少我不想在我的话还没说的时候就出现一个第三者”

“我想我能马上猜出是什么原因。”

“原因并不重要，重要的是我现在已经到了，就是这样。我想，你不会赶我出去吧。”

孩子睡着了，他们俩都静静地坐着，房中有一种可怕的紧张气氛。她注意到这屋子很舒服，屋里采光充足环境很安宁。

她还发现屋里有一盆倒挂金钟，有腥红和紫红色的花儿垂落下来：“它多美啊！”

她先打破了沉默。

“是啊——你认为我忘了上次你说的话了，是吗？”

蓝竹妡只感到一阵晕眩，这个男人有点不讲情面，一点让自己准备的时间都没有，他完全是在逼自己坦白。“可是我要坦白什么，爱是不可能的，我只是想嫁给他而已，为了他那张脸，为了怀里这个孩子，就是这样。”

“我并不想强求你记住，如果你不想的话。”蓝竹妡在眩晕中强打起精神道。

屋里一片寂静。

“不，”他说，“不是那样。只是，如果我们要结婚，我们就得下定决心才行。如果我们想保存一种关系，即使是友谊，也必须有一种永恒，不可改变的东西作保证。”

他的话流露出一种不信任甚至是生气的口气。她没有回答，她的心在猛烈收缩，令她无法开口说话。

看她不回答，他继续说，很热烈地表白他自己。

“我不能说我要向你表示爱慕——因为你要的并不是爱情，而我要的却是不带个人感情的、更坚固、更罕见的东西，那就是爱情。”

她沉默了一下说："你意思是你不想娶我。"

说这话的时候，她心里突然特别难过。

"是的，如果你愿意这样想的话，尽管并不尽然。我不知道。无论如何，我并没有要娶你的感觉，——没有，而且我也不想有，因为最终，婚姻是会枯竭的，那是一个让爱情走向坟墓的终结者。"

"婚姻最终会枯竭？"蓝竹妡问，嘴唇都有些麻木了，她觉得自己来的目的有些太过简单，或者是自私，是的，不可能，一个人怎么可能明知道你不爱他而来娶你。这一切都是你自己，太想要一个家而已了，可是没有人愿意做你的牺牲品的。

"是的，最终。当一个人最终只孤身一人，超越爱的影响时，到那时总会认为有一个超越自我的自己，它是超越爱、超越任何感情关系的，很多人认为那就是婚姻，就是同深爱的那个人在一起。其实并非如此，我们都在自我欺骗，认为婚姻是根。其实不然。婚姻也只是枝节，根是超越爱、纯粹孤独的自我，它与什么也不相会、不相混，永远不会。我爱你，蓝竹妡，可是我很不愿意把我的爱变成一个像根却仍然是枝节的东西。"

她睁大眼睛不安地看着他。他的脸上带着诚恳的表情，明确地显示一切都无法改变，无法继续。

"你是说你无法娶我？那你为什么要追我？"她神色惊恐地问。

"是的，可以说是这样。我追你是因为我爱你，可是我并不相信婚姻是一种能超越我单方面爱的东西，如果你决定爱我，那么我是可以考虑的，但是你不爱我。"

蓝竹妡觉得自己无法忍受他的谬论，是的，她认为这就是谬论，蓝竹妡狠狠地咬着嘴唇，她能感觉到有一股寒流夹杂着血腥在自己的身体里乱窜，就像，像把自己的身体撕裂开，疯狂灌输一种思维，是的，这样让蓝竹妡也享受到了一种变态的快乐，可是这样很像一个男人强行给一个女人精液的感觉，多情地靠近她的身体，无情地扒开她的下体，然后一个人在那里嚎叫，呻吟，用自己的情绪来给她臆想中的愉悦。尽管蓝竹妡此时身体充满了欲望，愤怒使她想去撕烂自己的衣服，然后用自己的身体堵住这个男人的嘴，然后获得自己想要的那种高潮。但是那也不是她想要的，她觉得自己昏厥得厉害，但她不能屈服，她不能。

“可是，你怎么知道呢，如果你没经历过婚姻，一切都只是你的想象假设而已，理论上的概念我不想听？”她问。

“我讲的是真的，你和我身上都有种超脱，那是高于婚姻的，超越了视觉世界，就像有些星星是超越人们视野的一样。比如我们可以相爱来牵系彼此的心，却不是用婚姻来捆绑彼此的身体。”

“那就是说这世上的人都不用结婚了，大家都将单身执行到底算了。”蓝竹妡嚷道。

“归根结底，那不是爱而是别的东西，最终，婚姻都没有什么爱，有的只是责任，或者目的。”石季守盯着蓝竹妡，像要把她的心思看穿，“你不就是因为有目的才要结婚的吗？”

对这些话，蓝竹妡思考了好一会儿。然后，她从椅子上微微站起身来，把孩子放在沙发上，用一种不可改变的反感的语气说：

“那，让我回家吧——我留在这儿干什么？”

“门在那儿，”他说，“你是自由的。”

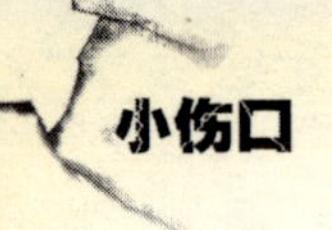

他平静地坐在那儿说。她静静地站了几秒钟，然后又坐了下来。

“如果不能有婚姻，还能有什么？”她几乎是控制地嚷道。

“某种东西。”他看着她，内心在抗争着。

“什么东西？”

他沉默了好久。他无法与她交谈，她正处于一种对抗的情绪之中。

“我，”他心不在焉地说，“有一个最终的我，赤裸裸具有和所有男人一样的情感，也超脱于任何婚姻的责任。同样也有一个最终的你。我想见的正是这个你——不是在激情或者绵绵柔情之下——只有超脱，没有语言、没有条约。那时，我们是两个赤裸的无人知道的动物、两个完全陌生的动物，我想接近你，你也想接近我，而且不用负什么责任，因为那时没有行为的准则，不需要理解、不负任何责任，什么也不需要，谁也不强求别人，只按照你的原始欲望去占有。最重要的是不是替身，而是热烈的相爱。”

“让我考虑一下，我想，我也许会爱上你。”蓝竹妡离开的时候拥抱着石季守，她很用力地在他的肩膀上咬了一口。

· 5 ·

蓝竹妡宣称自己大病初愈，需要休养一段时间，然后才能得出结果给石季守，就一个人跑到一个小县城去了。

她没有通知任何人，事实上她也没有谁可以通知的，联系过苏夏一次，没联系上，只知道她大婚了，却没见过她的请柬，也不知道她大婚的男人是谁。

这个女人也是个狐狸精，贱人，重色轻友的家伙。蓝竹妡狠狠地朝地上唾了一口，高跟鞋在唾液上拧了两下，屁股扭扭，就无所谓地去一个荒凉的山坡上散步了。

蓝竹妡孤零零地一个人坐在石头上，觉得一切都在消逝，世界仿佛已没有什么希望。人就像一块渺小的岩石，而空虚的潮水却越涨越高。惟独自己才是实实在在的——就像洪水冲刷下的一块岩石，其余的一切都是虚幻的。

她变得顽固、淡漠、孑然一身。

天色慢慢变暗，温度在下降，蓝竹妡裹紧了身上的衣服，打了个喷嚏，依旧不想回房间。对于这个世界，她什么都没有了，有的只是冷漠的鄙夷和反抗。整个世界全都滑入到灰色空蒙的虚景幻影中去了。

怀孕，小产，经历了这一切后，蓝竹妡便又开始了她的失踪生涯。

她和任何人都没有一点联系、一点接触。她鄙视和憎恶虚情假意。在她的内心深处和灵魂深处，她鄙夷和憎恶人们，尤其是成年人。她只爱孩子和动物。她爱孩子，对孩子的爱也是出自同情的、冷淡的。她只想拥抱他们，保护他们，为他们提供一种生活。然而，这种培植在同情和绝望基础上的爱，对她是一种束缚和痛苦。她最喜爱的是动物。它们和她相似，独来独往，不愿合群。她喜爱农村庄稼地里的牛马。每一个都是自我独立的，诡秘莫测，不用受什么讨厌的社会规则的限制。它们不会有激情，因而也不会存在悲剧。

蓝竹妡痛恨激情和悲剧。就好像她痛恨给她激情和悲剧的人

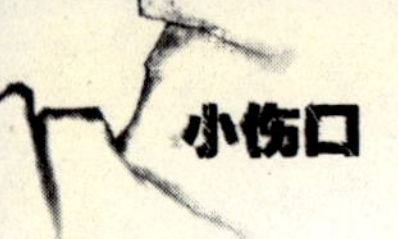

们一样，蓝竹妡坚持，希望是个混蛋，他在某一天诱奸了希望，然后在希望的肚子里种下了失望，所以希望越大，失望越大。

蓝竹妡住在这个县城十几里外的一个镇子里，很少和人有接触，有时她也会对人们说好话，显得活泼可爱，讨人欢喜，甚至曲意逢迎。但是，没有人会被这种假象所迷惑。每个人都能感觉到她对人类那种鄙视的嘲笑。她对人怀有切齿的仇恨。“人”这个词在她看来都是可鄙的，使她深为反感。

你们都是一群贱人，蓝竹妡经常性地会对着正和她谈天说地的人们翻脸。

在大部分时间里，她的思想就处于这种封闭和对外界的一种无意识的鄙视和讥笑的状态中。对一切表示出讽刺性的轻蔑。她宣称自己有过爱情，她认为自己充满了爱。

她看不起镇子上那些屈服在包办婚姻中的人们，看他们每天在街道上闲聊，没大没小地开一些荤玩笑，甚至那些妇女会在一群男人中间肆意地揭开自己胸前那块布，貌似很无辜地给孩子喂奶。

实际上她们肯定是在勾引一些顺眼的男人。一想到晚上和一个自己没有感情的男人脱光衣服战争，蓝竹妡就想吐，一个丝毫没感觉的男人用他那个或大或小的东西插入自己那美妙的地方，那是一件多么让人反感的事情。

尽管如此，她有时也会屈服，也会软化。她一直渴求得到真诚而纯洁的爱，她只需要这样的爱。然而与爱相对抗的否定，永恒的、旷世不变的否定，却压迫着她，使她感到痛苦。一种对纯洁爱情的强烈渴望再次攫住了她。

有的时候，她会发疯，会突然想随便抓一个男人，让自己被他硕大无比的阳具侵略了，让身体在疼痛与愉悦中上升到仙境。

一天傍晚，她被这种难以排遣的痛苦折磨得神志麻木。她跑出来。那些注定要毁灭的人，应该立时就去死。这种思想在她的脑子里已经强化到了极点。这种极点，使她解脱。既然命运会使那些注定要离开的人死亡或消失，她何必还要抗争呢?何必还要继续否认呢？想到此，她不再为之忧虑，因为她反正可以在其他地方寻求新的盟合。

蓝竹炘动身进城，朝着石季守住的地方走去，她要徒步而行，她走到一个污水河边时，河水在排光之后几乎又涨满了。她在那儿避开大路，弯进路边的庄稼地里。这时，夜幕已经垂落，天色开始昏暗下来。她这个对许多东西都感到害怕的人，此时却忘却了害怕。在远离人迹的庄稼地里，有一种神奇的宁静。一个人越是能抛开人自身的缺点，找到一种纯粹幽静的感觉就会越好。蓝竹炘对人类的惧怕和恐惧已到了无以复加的地步。

突然，她发现右侧的苞谷地里有个东西，不由得吃了一惊。它像一个动物注视着她、躲避着她。她不禁大吃一惊。实际上，那只是从树丛间升起的明月，但它看上去那么神秘，带着苍白的死一般的微笑。要想躲避它是不可能的。无论是白天或是黑夜，人们是无法忘记像这轮明月般的阴险的脸。它得意洋洋、容光焕发，还挂着傲慢的微笑。她避而不理这白色的星球，继续向前赶路。

在她离开县城三里地后，她看到了一个农家乐的水塘。

因为有狗，她不愿从菜园里穿过去。于是，她拐弯沿着山坡走去，然后下坡来到水塘边上。在一片没有树木遮拦的开阔地带，一轮皓月姿逸超绝，凌空高悬。她毫无遮蔽地暴露在月光之下。野兔在黑夜里像一道道闪光似窜逃。夜像水晶石般透明，万籁

俱寂，只听见远处偶尔传来羊的叫声。

她听着远处水闸传来哗哗水声，心里暗暗希望夜色里会有别的什么东西出现。她渴慕的是另一种夜色，而不是眼前这种皎浩得近乎冷酷无情的月夜。她能感觉到她的灵魂深处在呐喊，在悲怆凄凉地哀恸着。

这时，她看到水边有个人影在移动。

居然是苏夏，失踪了的苏夏，她在这里出现了？

·6·

“我现在很盼望一个男人的出现。”苏夏说，她咬住下唇，沉浸在自己的想象中，半似偷笑，半似苦恼。

蓝竹妡禁不住一愣，“听说你大婚了，还盼望哪个男人啊？”

“婚后一个月，他就失踪了，而我就怀着肚子里的孩子四处寻找他。”苏夏并不是很开心，看上去，她很愿意给蓝竹妡诉说。但是终于还是没有说太多。

“所以你希望在这儿能找到他？他是个乡巴佬吗？会在这种地方出现？”蓝竹妡竟然觉得很爽，她看了看苏夏有点隆起的肚子，嘲弄地笑着说。

“得了吧，”苏夏尖声道，“我会找一个乡巴佬吗？他是一个非常有魅力、收入又可观的男人，他长的那么……”她仿佛意识到什么，突然地就把话收住了。然后她盯着蓝竹妡，仔细观察着她的表情，像是要看透她似的。

“你会不会觉得自己对一切都厌烦了？”她问蓝竹妡，“你是不是也发现所有的事情都无法实现？一切都没有结果。一切都像是花儿还未开放时就已经凋谢了。”

“什么事情无法实现？”蓝竹妡问道。“你的男人到底是个什么样的货色，你的话还没说完呢。”

“嗨，不提男人了，什么事情都是这样——每个人——所有的事！”

然后，是一阵沉默，这两个从小一起在孤儿院长大，后来却生活在不同世界里的好朋友都不说话了，都像是在朦朦胧胧地考虑着自己的命运。

“小妡，我觉得我很对不起你，我的快乐和幸福都是你给于的。”苏夏还是忍不住开口了。“我一直想逃离那个不属于我的地方，我想把很多东西还给你，可是我发现我欠你的却越来越多了。”

“这确实很可怕。”蓝竹妡说了一句，然后又陷入了一阵沉默。“那么你是想通过婚姻来改变一下自己的生活吗？”

“看来这一步不可避免。”苏夏说。

蓝竹妡回味着这些话，心头不由泛起一丝苦涩。她也是一直在逃避一些东西，有好几年了。

“我知道，简单考虑起来，事情好像只能这样，”她说，“但如果设身处地想象一下呢？想象一下你所认识的一个男人，想象他每天晚上回到家里，说声‘你好’，然后给你一个吻——”。

屋里又是一片沉寂。

“是啊，简直不可想象，”苏夏轻声地说，“男人让生活难

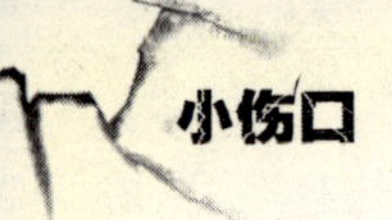

以想象。”

“当然，还有孩子——”蓝竹妡有些犹豫地说道。

苏夏的表情严峻起来。

“你真想要孩子吗，苏夏？”蓝竹妡冷冷地问道，她的脸上显出困惑、茫然的神情。

“人们说这也许由不得自己决定。”苏夏说。

“你也是这种感受吗？”蓝竹妡追问着，“我可从来没想过生孩子，丝毫没有这种念头，可是我就是生了一个孩子，是他的，你还记的吗？我让你帮我寻找的那个男人，我的孩子长的好漂亮啊，像个公主一样。”

蓝竹妡一副陶醉的样子。

她丝毫没有注意到苏夏的脸色已经变了，苏夏的脸变的发青，甚至发紫，她的额头冒着冷汗，她扶着腰问：“就是那个石骅阗，你怀了他的孩子？什么时候的事情？孩子呢？”

“死了……孩子死了，哈哈，苏夏，他们骗我说，孩子死了，其实才不是，他们都是骗子，一群人贩子，把我的孩子偷走了，幸亏他回来了，他帮我把孩子抢了回来，我们，我们马上就要在一起了，我们就要结婚了。”

蓝竹妡开始进入癫狂状态，她的声音扭曲得变了形状，在一切尚未来得及变质的时候，这个女人就将呼吸隐藏在了身体之内，变成了武器刺向每个靠近她的人。

苏夏听到蓝竹妡最后一句话的时候，来不及躲闪，就被蓝竹妡扑倒在地上。

“苏夏，你这个狐狸精，你说，我让你帮我去找他，你是不是把他拖到了你的床上，不然怎么会找不到他呢？”

“哦，不是，小妡，你听我说，我真的没有遇见过这样一个男人，我也已经结婚了，你应该知道的。”

“真的？”

“真的，你看，我都是一个已经有孩子的母亲了，我不要你的石骅阗，我要也是要自己的。”

“哈哈，苏夏，当初我真的不应该帮助你，你的骨头里天生就有着贱性。你还在骗我，我告诉你，蓝竹妡没有疯，蓝竹妡很清醒，你就是把他搞到了你的床上，我早就应该想到，像他那么优秀的男人怎么能逃过你的魔爪。”

“小……”

“滚，不要再找借口了，看看你钥匙扣上的男人的照片，就算他烧成灰我也认识的，苏夏，真是想不到，一个男人竟然让我们多年的姐妹翻脸，你居然是这样一个残酷的女人。”

“不，不是的，小妡，对不起，真的对不起。”苏夏的声音突然变得很小很小，“我遇到他的时候他失忆了，自己也不知道自己是谁，我以为自己只不过遇到了一个和他相像的男人，可是我没有想到我会爱上他，更没有想到我会上了他的床，最没有想到的是我怀了他的孩子，而他失踪了。”

“挺好的，苏夏，这就是报应。我的孩子死了，你的孩子就要变成私生子，哈哈。上天真的是很公平的，苏夏，怎么会这样呢，我们的命运怎么会交到一个男人的手里呢，我不甘心，我真的好不甘心啊……”

蓝竹妡号啕大哭，苏夏突然也不知道要说什么了，搂着蓝竹妡一起抽泣。

有的时候愤怒到了最后会无奈，有的时候无奈到最后会愤

怒，有的时候两个女人因为一个男人反目成仇，有的时候两个女人因为一个男人惺惺相惜。

难道这就是生活的本质，人的本质？

·7·

“石季守，我们恋爱吧。”

蓝竹妡找到石季守，这是第一句话，然后她便不等石季守开口，用她的身体堵住了他的嘴。一个女人要是决定了一件事情，就会不顾一切去做。

是的，蓝竹妡决定了，如果不能和爱的人在一起，就去爱那个和他一样骨相的人，这样的际遇本身就是上天的安排。

一个月后，蓝竹妡说：“季守，我们结婚吧，我们给湛蓝一个温暖的家。”

三个月后，蓝竹妡找到苏夏，她说：“小夏，我要结婚了，你想不想见见这个男人？对了，还有，既然你做了石骅阗的妻子，那么我的女儿——你就有权利做她的监护人。记住，石湛蓝就是石骅阗的大女儿，这是个事实，如果你要是敢拒绝，或者乱说话，我会杀了你。”

苏夏面无表情地抚摸着自己的肚子，她笑：“我知道，蓝竹妡，你做得出来的，我很相信你，能够杀了我。可是一个女人就这样孤单单地挺着大肚子生活，也许你杀了我对我还是最好的解脱。”

“哦，不，苏夏，你是我最亲爱的姐妹，我怎么舍得杀了你呢。你放心，我不会放弃帮你找到他的，我一定会的，我要给你一个美满的家庭，给我的女儿一个温暖的生长环境，她是要在你的教导下生活的。”

“小妡，你？”

“哦，不，你不要说话，应该是这样的，当她长到一定程度的时候，我会带着她去见你的，就这样，就这么决定了，不要说话，千万不要。闭嘴。”

蓝竹妡扬长而去，苏夏盯着她的背影发呆：“她这是怎么了？”

“她产后抑郁症，现在有轻微的精神分裂，经常处在幻想状态里，不要太把她的话放在心上。”

一个声音的出现打破了苏夏的发呆，她抬头一看，失声喊道：“天，你回来了？”

她看见“石骅阗”面带笑容地站在门口，双臂抱在一起交叉在胸前，嘴角轻轻扯了起来，慢慢地靠近她，伸出手要拉起她。

“苏小姐，你也认错人了，想不到那个和我长的很像并是一个祖宗的男人这么有魅力，竟然能让你们两个好朋友相互用计。不错，我也想见识下他。”

“哦，你是？那位？”苏夏这个时候才仔细看了看这个男人，从长相上看，两个人长得的确像是一个模样。仔细看还是能看的出来，这个男人少了石骅阗的不羁，多了一点沉稳，但是一开口就会发现这个男人远不是石骅阗所能比拟的奸诈，他很能掩饰自己的喜怒哀乐，是一个貌似忠厚的阴险之辈。

“石季守，即将要和你的好姐妹蓝竹妡同床共枕的男人。”

“你有什么事情吗？对不起，我不喜欢见陌生男人。”

“我算是陌生男人吗？不算吧。至少我也算你的男人的一个影子，苏夏小姐，要不要我告诉蓝竹妡，当年你是如何和石骅阗上床的，一个明知道对方是自己好朋友兼恩人最爱的男人仍然要勾引他的女人，你的心和我差不多一样肮脏，我们不算陌生人，我们是一路人。”

苏夏面露惧色，她有些怀疑地看着眼前这个男人，猜测他到底要做什么。而石季守也不再说话，迳自一个人在屋子里转来转去，时不时拿起桌子上的一些摆设，发出奇怪的冷笑声。

“你到底是谁？你都知道什么？你想做什么？……”

“这些你都不必知道，你需要知道的就是，从今以后，配合我演一出戏。”

“怎么演？”

“具体我还没想好，我想好了以后会找你的，在蓝竹妡没有介绍我们认识的时候，现在和以后你都不认识我，认识了也要表现出很讨厌我，因为，我，石季守是一个弱智的男人，我即将出现一次高烧，高烧之后就是一个情愿戴绿帽子的男人。听明白了吗？”

石季守哈哈大笑离去，苏夏陷入一片无穷无尽的遐想中，很多时候，恐怖小说就是这样衍生的吧，其实本来是没有可恐怖的场景，但是有了一个开头就不再结尾，就会让你莫名其妙地走进去，自己给自己演一出恐怖电影。

一个星期后，蓝竹妡伤心地来找苏夏，她哭着闹着，她说：“我的命怎么这么苦，他现在好弱智，居然什么都不在意，完全没有我认识他时那种气质了。”

“那样不是很好吗？他本来就不是你想要的那个人，他傻了并不是因为生病，而是他本身就傻，娶一个不爱自己的女人，他的本质就是弱智，不是吗？”苏夏面无表情。

两个星期后，蓝竹婻欣喜若狂地找到苏夏，她狂笑：“他弱智了确实很好，他可以清醒地满足我的要求，却不会在意我如何去和别的男人勾三搭四。苏夏，我不要求你把石骅阗还给我，可是我请求你让我再见他一面，好吗？”

三个星期后，苏夏发现蓝竹婻失踪了，石季守却出现了。

“苏夏，故事要拉开序幕了，等着看热闹吧。”

“石季守，你到底要干什么？”

“我要你不停地暗示蓝竹婻，石湛蓝是她和石骅阗的亲生女儿……直到她彻底接受这个结果。”

“可是明明不是……”

“闭嘴，让你做的事情你照做就是了。”

I：铿锵玫瑰

大恸之后终于心头一片空白，你不再爱不再恨，

不再恼怨也不再悲哀，只是怜悯，你或是他。

庸常，虚弱。

·1·

那是一场关于爱情的阴谋，两个女人一个男人的那台戏，那一年，蓝竹妡拥有唯一的财富就是一个女朋友和一个丈夫。

可惜的是，她的丈夫和她的女朋友都背叛了她。

是蓝竹妡先找到石骅阗的，据说在我三岁半的时候，蓝竹妡拖着我见到了他。确定的是，我先遇到的他。

那天，我基本是连爬带滚地在街道的辅路上玩，蓝竹妡在马路边上一边嗑瓜子一边冲着我大喊："小蹄子，你就给老娘到处跑，看我等下不打得你屁股开花，快滚回来，小心来辆拖拉机把你碾死了，老娘还没顾的上让你看见你那没良心的老爹呢。"

不过在我很小的时候，就充分体现了我的女色本相，因为我看到一个长的老帅的男人冲着我笑嘻嘻地走了过来。

"小朋友，你怎么一个人在街上啊，很危险的，妈妈在哪里啊？叔叔带你去找妈妈。"

"妈妈，在，那里……"我吐字很不清楚地用手指着蓝竹妡类似杨二嫂一样圆规动作地横在马路边上的背影，眼镜直勾勾地盯着石骅阗，口水流了一下巴。

其实，具体原因是这样的，和他伟岸帅气的老男人味比较，他嘴里那根棒棒糖才是我最想要的。

"叔叔，我要……"我在石骅阗的怀里扭了扭身子，小嘴直接对着他的嘴凑了过去。

“妈妈……”

“小蹄子，你又跑到哪里去了，老娘……”

“大嫂……”

石骅阗抱着我走到蓝竹妡的背后，我们三个人同时说话，然后同时变脸。

开始，沉默像战争铁骑一样，碾遍了他们两个人。这是深秋，还是有点寒意的，对峙的静穆让笼罩在整个战场周围的喧嚣气氛慢慢沉寂，渐行渐远。虽然个人的生命热情仍一如既往地激奋和高昂，但除了抗拒寒冷的感觉之外，我想，蓝竹妡和石骅阗无法冲破这铺天盖地的怨恨所带来的沉寂与禁锢。

在这样的天气里，我真的很想他们尽早结束这场该死的战争，在家里泡个舒舒服服的热水澡，再喝上一杯香醇的小米粥，那是我年幼时唯一的奢侈品。

突然就开始刮大风，蓝竹妡打了个冷战，裹紧了身上的衣服，狠狠地瞪了我一眼，从石骅阗怀里抢过我，对着我破口大骂：“小蹄子，你小小年纪就开始学会勾引男人了，看你那不要脸的样子，男人口水里的东西那么好吃啊，给我吐了。”

我被蓝竹妡恶狠狠地诅咒吓哭了，然后来不及吐出嘴里的糖，就被蓝竹妡“啪”的一声摔在脸上一巴掌：“叫你吐了，你还在吃，没吃过东西啊，老娘怎么就生了你这个没用的东西。”

石骅阗的脸色很难看：“小妡，教育孩子不能这样的。”

“切，我教育我的孩子和你有什么关系啊，该死的，石骅阗，真是冤家路窄啊，你为什么不和这鬼天气一起下地狱。”蓝竹妡装做无所谓的样子，一边在裤腿上搓自己有点发红的手掌，一边

很彪悍地冲他发火，但是明显声音没有对我发火时的有力度。

其实蓝竹妡一直都是很爱石骅阗的，只不过当一个人爱一个人爱到极致却又无法得到的时候，就会变成恨。

石骅阗看了一眼我，试图转移话题："你结婚了，孩子都有了，性格也该改下了。"

蓝竹妡抱起我正准备转身的时候，听到石骅阗的话，嘴角泛起了一丝轻蔑的微笑。甚至有一丝令人恐怖的狞笑，满脸的冷酷表情、浑身澎湃而出的乖戾残暴之气，已经将她映衬成了一个头顶犄角、脚踏火焰的恶魔。

"是的，我结婚了，石骅阗，你快庆幸下，终于摆脱我了。可惜，这个孩子，有的不是时候，她是个不折不扣的孽种，她的身体里流着一个薄情男人的血，都是你害的，石骅阗，你害的我家破人亡，永远活在被男人抛弃的世界里。"

"小妡，我不想和你吵架，你现在也已经有了孩子，也有了家庭，我希望你好好生活。至于我们，可能有些误会。我想，和你单独谈谈。好吗？"

"不，石骅阗，我不会给你赎罪的机会，永远不会。"

"小妡，明天晚上9点，我等你，就在第一次我们遇到的地方。"

· 2 ·

关于真相中的很多细节，我真的不想一一再用笔墨去描写了，我想说的就是，人有的时候真的很贱，也很愚蠢。

当你看到这里的时候应该差不多可以想到，蓝竹妡是会给石骅阗机会的，毕竟她深爱着这个男人，是的，她不但去了。而且，她再次灌醉了石骅阗。

那天晚上，蓝竹妡用尽了所有力气纠缠着石骅阗的身体，她像一根藤条一样缠绕在他的身上，像风雨雷电同时聚集在她的身体里，她疯狂地让自己的身体张开，她恨不得自己的身体像一只鳄鱼的血盆大口吞噬了他。

“骅阗，我要你，我要你在我的肌肤上做画，我要你在我身体里扎根，我要你的牙齿在我的舌头上穿洞，我要你的舌头在我的喉咙里断裂。骅阗，让我爱你，让我狠狠地爱你，我想，这是我们最后一次做爱了，让我吸干你所有的精血，我也给你我所有的精血，我们融和在一起，就这样，死去。”

蓝竹妡疯了，她已经不是呓语，她是在彻底地胡言乱语，或者是她自己都不知道活在什么世界。

全身的皮肤，甚至从头皮延伸到头发丝，从身体抽搐到指甲盖，一起高潮，持续高潮。

“小妡，不要这样，这样下去我们都会中毒太深。我们都要有彼此的世界了，不能这样，真的不能。”

石骅阗大口喘着气，极力想控制自己进行下去，可是欲望像一张渔网一样将他的胳膊和腿困住，让他不能动弹，只能在蓝竹妡的身体里寻找出口。他觉得自己快要燃烧起来，需要找一块湿润的地方将自己冰冻起来，溶化……蓝竹妡就是那块冰，他只有赶快找到属于他的那个缺口，冲刺，才能像一匹野马一样冲破渔网，驰骋在思想脱缰的领域里。

“骅阗，亲爱的，我真的好想就这样溺死在你的身下。可

是，我还有太多太多没有完成的使命，因为我要恨你，我要恨你们，我要恨太多的人，所以我一定要努力的活下去。然后用仇恨去培养一个新生的蓝竹妡，我要让她完成我复仇的计划。你等着我，一定要等着，我不会让你遗憾终生的，我只会让你痛不欲生。哈哈，石骅阆，你错就错在让我爱上了你，你却放开了我。”

第二天后，石骅阆没有看到蓝竹妡，只看到一封书信和夹杂着蓝竹妡气息的一缕长发。石骅阆的心在那些被蓝竹妡眼泪浸蚀的笔迹中慢慢坠落，像一枚断了翼的风筝又突然被放了手，石骅阆突然不知道自己究竟是得到了自由，还是失去了爱情。

蓝竹妡在信里说，她对他的恨是他一辈子也不能体会出来的，她在他身上得到的耻辱会加倍地还给他。蓝竹妡的每句话都像一根针扎在他的神经上，每看一个字他的手指就哆嗦一下，看完全部内容，他的手掌心全是汗水。

蓝竹妡用了慢慢的三张纸来发泄她对他的恨，可是到了最后一页的时候，她突然用很草的笔迹写了一句话：“她毕竟是我一起长大的好朋友，别伤了她的心。如果可以，对我的亏欠还给她，给她说声，我爱你吧。”

石骅阆看到这句话的时候，突然身体就像被抽空了一样，空荡荡地一个架子悬挂在还有着蓝竹妡体温的床上，从脚底到头顶都似乎一下子全部被一根皮筋抽紧，然后需要呼吸的声带被压的喘不过气，好容易挣脱后，石骅阆大声喊了一句：“小妡，我……”

当石骅阆喊出这个声音的时候，他发现自己的声带永远的卡住了，他再也不能响亮地说出一句：我爱你。

从此，石骅阆开始用贝司来阻止他手指的哆嗦，永远在观众的掌声中看着容光焕发的主唱淡淡地微笑，夹杂着莫名的酸楚。

这就是我后来遇到沈剑潇，也就是他的时候，以为是他手指灵活，却不知是他情感的哆嗦惯性。

·3·

苏夏并不想去完全按照石季守的阴谋来进行什么，她想过去告诉蓝竹妡，石季守并不是一个真的忠厚老实的窝囊废，她也想过去提醒蓝竹妡，她和石骅阗的孩子早就死了，石湛蓝只是一个被石季守拣回来的弃婴。

可是一切都来不及了，因为苏夏毕竟是个女人，女人的爱是很自私的，在没有男人的时候，她是会给朋友一切，可是一旦出现了男人，她的爱世界里只有那个男人。

苏夏并不知道蓝竹妡见过石骅阗，因为蓝竹妡从那以后就再也没和她联系过，而石骅阗在亦薇三岁的时候就失踪了。

如果事情按照这样发展下去，也许并不会使石季守完成什么阴谋，因为那简直就是一次无懈可击的偶遇，苏夏不会让石季守再找到自己。任凭他如何的神机妙算，如果一个女人想逃避一个人，就算在一个城市，照样能几百年生老病死不再相遇。

要不是那天，苏亦薇和石一诺同时生病，苏夏是不会再遇到石季守和蓝竹妡，那么就不会出现以后的很多恶性循环。

可惜，如果只是如果，如果永远不能成立，因为如果是一个活在想象中的世界，它不是事实。

亦薇半夜的时候急性阑尾炎突发，苏夏急急忙忙地赶到医院

急诊室，在手术室外等待的时候，苏夏突然就看到了蓝竹妡和石季守也焦急地在走廊那里徘徊，蓝竹妡好像在哭泣，石季守搂着蓝竹妡安慰她。

苏夏有些心慌，低着头正准备换个地方的时候，听到了蓝竹妡的声音："小夏，怎么是你？你在这里干嘛？"

"我，哦，孩子生病了，你们呢？"

"也是孩子生病了。吃晚饭的时候不知道吃了什么东西坏了肚子，结果半夜居然成了急性阑尾炎，真是能上乱弹了。"石季守抢着做了回答，虽然说的很轻松，但是眼神却很犀利地似乎要在苏夏脸上寻找点什么。

苏夏有点心虚，低着头不说话，手撑在额头那里考虑如何应对，如何迅速离开。

蓝竹妡擦了一下脸色的泪水，瞪了一眼石季守："我看你才快上乱弹了，不会说话别说话，你去那边等着去，我要和小夏说点事情。"

"怎么回事，你一个人，他呢？"蓝竹妡一脸狐疑，她看着苏夏，"你过的好像并不开心，你不是很爱他吗？"

"这是一个你很开心的结局，不是吗？小妡，你得不到他，我也一样。我们一样的地方真是太多了，他同样给我留了一个女儿就失踪了。"

"怎么会这样，他疯了吗？我要他答应我的，照顾好你的啊。"蓝竹妡脱口而出，然后才想起自己的语气不对，有些尴尬地看着苏夏，"我没有别的意思，小夏。"

苏夏愣了一下，脑子里飞快地闪出那个念头，原来他们一直有所联系，那我算什么？

“呵，谢谢你，小妡，我不稀罕谁的怜悯。他也没有义务听你的话来照顾我，他要是愿意听你的话，那应该是去照顾你了，也不至于让你去找一个替身吧。”

“小夏，你，不要说话太伤人，我也是为你好。”

“蓝竹妡，我不伤人，是的，我抢了你的男人，是我不对。现在他是你的了，还给你，可是你也不至于在自己嫁了人以后再去偷别人的男人吧。”

“小夏，你声音小点，其实我真的只是和他就在三年前见过一次，就一次。我只是去和他结束一切的。”

“让我小声一点，你怕了？蓝竹妡，你也有害怕的时候，你害怕失去你现在的幸福，是吗？那我告诉你，你现在拥有的……”

蓝竹妡正准备辩解的时候，护士走了出来：“谁是孩子的家长。”

“我是。”

“我是。”

蓝竹妡和苏夏一起拥了上去，护士看了她们两个一眼：“谁是石一诺的家长，没什么大事，疗养一个星期就可以了，去办住院手续吧。”

蓝竹妡拿着单子走了，临走时看了看苏夏欲言又止，苏夏侧过头不看她。女人的嫉妒心有的时候是能让姿态全无的，苏夏全然没了已往的优雅，俨然一副怨妇的表情恨恨地看着白色的墙壁发呆。

不行，我要问清楚，她到底和他说了什么？苏夏准备追上去，身后突然跳出来一个声音：“苏小姐，请保持你的高贵姿

态。另外，你要知道，她可是一个有心理疾病的女人，你怎么能和一个病人开战呢，最重要的是她还是你的恩人。”

苏夏回头，是石季守，她冷笑：“世上还真有你这样的男人，你真的很会演戏。不过我相信上天是公平的，就算蓝竹妡现在爱上你，你也迟早有一天会受伤，她不是一个随便可以用伎俩就能驯服的女人。”

“女人，真的很可怕，苏夏，我在你身上深切感受到这句话，我们是同类。都太会掩饰自己了，挺好的，为你的发言鼓掌。”

石季守在苏夏想反抗又无力挣扎的无奈中远去，苏夏的眼泪慢慢地湿了衣襟。有的时候，明知道对方是一只老虎，仍然要骑虎上山，并不是别无选择，而是自己的算盘太精了。原本是为了狐假虎威地吓走沿途的小野兽，却不想成了老虎的腹中猎物。

· 4 ·

护士在递给苏夏化验单的时候，莫名其妙地罗嗦了一句。从那个时候开始，悲剧正式上演，而人则正式成了魔。

其实很多时候，人就是魔，人总是在找借口贬低魔，甚至赶杀魔。事实上当人举起屠刀的时候，人已经成了魔。那些伸张正义的借口无非是在自相残杀。

护士说：“真是奇怪，兄妹两个居然同时急性阑尾炎。”

苏夏莫名其妙地看着护士，一边看化验单，一边解释：“她是独生女。”

解释完了自己都觉得有点怪怪的，又赶了一句："你说她和谁是兄妹？"

"哦，没什么。"护士似乎感觉到自己失言了，连忙改口，匆忙离开。

尽管如此，苏夏仍然在护士转身后捕捉到一句自语："再婚真是害人不浅啊，好好的两兄妹非搞的一个姓石，一个姓苏。并排躺在床上还互相不认识，真是可怜啊。"

苏夏的头轰地一下就炸开了，兄妹？

石一诺和苏亦薇是兄妹，那就是说，石一诺是石骅阗的儿子。

苏夏突然笑了，笑的非常发自内心，这真的是个天大的玩笑，石季守啊石季守，可怜你算盘算尽，也没算出自己的儿子居然是别人的。

苏夏后来开始频繁地和蓝竹妡他们来往，一年后，她确认，蓝竹妡确实自己都搞不清楚到底石一诺是谁的孩子。

没有人怀疑过石一诺长的像石骅阗，因为石季守本身就和石骅阗像是一个模子刻出来的，加上没有人知道蓝竹妡还和石骅阗有过二次激情。

假设不是医院偶遇，想必就这样永远秘密下去了，可是假设的意思就是如果，如果的意思上面我提过了，就是一个根本不可能存在的东西。

石一诺之所以会爱上我，那是因为他从小就知道，我不是他的姐姐。

石一诺五岁的时候，苏夏带着他上街，街道上情侣成双，苏夏牵着石一诺的手坐在路边的休息椅上，她问石一诺："诺儿，你

说那个姐姐好看呢，还是你姐姐好看。”

“当然是我姐姐了，湛蓝姐是世界上最漂亮的女生。”

“那你要不要湛蓝姐做你的媳妇啊。”

“当然不要啊，姐姐怎么能是媳妇呢？妈妈说姐姐长大后找的女婿一定很帅的嗯。”

“那诺儿帅不帅啊。”

“当然帅了，我是天底下最帅的男子汉。”

“那要是湛蓝姐不是你的姐姐，你要不要她做媳妇啊。”

“当然要了，湛蓝姐那么漂亮，牵着姐姐的手，每次脸上好有面子哦。”

苏夏脸上露出得意的笑容，却依然保持着自己贵妇人的优雅，就连蹲下身子，她也显示出自己的从容，她说：“诺儿，阿姨告诉你一个秘密，你千万不要告诉任何人，知道吗？”

五岁的石一诺睁着大大的眼睛狠命地向着自己眼前这位漂亮阿姨点头：“不说，不说，妈妈说，秘密就是要烂在肚子里的。”

苏夏愣了一下，随即在心里嘲笑蓝竹炘，没想到她的训言竟成给自己设计的一个掩护。

“诺儿，你记着，湛蓝姐不是你的亲姐姐，你可以娶她做你的媳妇。而且也只有你才能保护湛蓝姐，不让她受别人的欺负，知道吗？”

石一诺那个时候只有五岁，他并不懂太多的道理，但是他却记下了一句话。那就是，我不是他的亲姐姐。

所以他后来爱上了我。

是石季守先发现石骅阗的，他发现了石骅阗改名为沈剑潇，又开始出现在他的周围，石季守感到恐惧。

和蓝竹妡生活了二十年，石季守心里清楚，不管他如何装傻，蓝竹妡心里的人依然是石骅阗。

对于一个男人来说，这样的挫败感不亚于让他沿街乞讨。

他领养了桑小楼，他要训练她成为自己的一枚棋子，他让桑小楼去接近石骅阗，勾引他，然后让石骅阗消失。

具有戏剧性的是，同时蓝竹妡也在让我寻找石骅阗。

于是，在桑小楼准备出击的时候，我出现了，并且疯狂地爱上了石骅阗，只是，那个时候，我叫他沈剑潇。

这个插曲对于石季守无疑是一个非常好的旋律，石季守授意桑小楼，在暗中撮合我和石骅阗的沦陷。却没有想到最后将一诺也扯了进去，桑小楼大约就是在那一天爱上一诺的吧。

曾经在半垮吉他出现的那些场景，现在想来，都是提前安排好的，而并非是时针的正常运转。

那天，音乐是欧美的，心情绝对是中式的。

我裹了新买的头巾，很是有云南女子的韵味。坐在靠边的座位上，来往的顾客均是忍不住回头啧啧，的确在这个寒冷刺骨的夜里，像我一样还在乎着自己的外表的女人实在不是太多。

酒吧还是如此，临近圣诞了，并没太多节日的气氛。

我忍不住偷着看了一眼，那天花3块钱买的心形气球还嚣张地挂在吧台里面，我窃笑，剑潇还是多多少少有点在乎我的。

"我还要送你一些小圣诞老人呢。"我跑过去骚扰他。

"好啊，刚好挂在这里。"他亲昵地拍我的头，我知道他是故意掩饰的，他不想让别人看出我们的暧昧，于是干脆用更暧昧来

刺激别人的眼球。

对于他的亲昵，我并没有太多的欣喜，因为我了解这个亲昵的背后是什么样的目的，我反而有些疼痛，侧身闪过。

“你表现太不正常了。”闪身的时候他低身在我耳边说了一句，很快就若无其事地蹦跳去了，40岁的男人了，表现出来的总是这样孩子气，也许这也是他吸引女人的一种魅力。

我的确是不能抗拒，这不但归罪于他的魅力，也因为，我从一开始就说过的，我是个花痴。

演出开始了。

回到了座位上，我永远坐在最靠前的位置，临近舞台，当初是因为我为了看沈剑潇弹琴，到了最后就成了我为了迷恋他的每一个眼神和姿态。

我一直很固执，我喜欢这个地方，我就要我身边的人也喜欢这个地方。那个时候沈剑潇是我的宝，自然他的酒吧也成了我的宝。我诱拐了很多人去那里玩，其中包括一诺。

当然一诺喜欢去的原因并不单纯是我的缘故，另一方面是酒吧的演出确实也很吸引人。因为他们从来不把演出当成演出，而是当成玩，这样其实在很大程度上能让顾客有一种身同感受的意境，恰当的说法就是大家为什么喜欢去K歌。虽然说起来是有些勉强，但是也能说的过去，我想，从来就不是一个称职的写手，因为我总是习惯将自己的感觉强加在读者身上。

可是这个故事本身就是一个回忆录，所以请允许我很不道德地再次主观臆断，并且坚持写出来。

我把这个认定是自己的职业道德，关于这个解释就是，无论过程如何，我总是要给读者一个完整的交代，让他们去思考很累，那么我不如直接给他们一个结果，至于结果是否漂亮，我并不需要负责。

原则上是如此，很多责任是不能太必要的负责，确切的是全责。

每个人都有自己的喜好，当一个读者选定了自己喜欢的作品，那么他就已经认同了这个作者的所有想法。

一诺说："姐，我不喜欢那个男人。"

他说的是一直和我深情对望的沈剑潇，也就是石骅阗。

我说："我也不喜欢那个女人。"

我说的是那个戴着墨镜一直盯着沈剑潇的女人。

我想在回忆那段往事的时候，我还是用沈剑潇，我比较习惯，因为我爱的那个人我始终不认为他叫石骅阗，我只认定他是沈剑潇。

· 6 ·

腊月的那个夜晚，在雪还没有全部融化的时候，我看到了一些我心目里百分百的女人，而我的心也百分百地被她们震惊，可惜的是，我没有被同化。

她戴着墨镜，顶着爆炸头出现在我面前，穿着露脐的小衣服，绷的很紧的低腰牛仔裤，经过我的面前时故意扭了下屁股，直直地冲着沈剑潇而去。

一诺碰了我的肩膀："姐，那个女人真漂亮。"

我撇嘴："不就是个子高而已，她要是和我一样高，谁会关

注她。”

“不是不是，她的五官也很精致的，我刚才仔细看过。”一诺没注意到我的表情有点古怪，连语气都和平时不太一样，又拽着我去仔细地看她。

尽管醋意纵生，却还是忍不住去观察她，像只蝴蝶一样萦绕在剑潇周围，开始的时候我是有些愤恨，因为我不是第一次见她，上次看见她的时候，她的胳膊就环在剑潇的脖子上。

突然间我自己都觉得好笑，人家剑潇的老婆也许都不会像我心眼这么小，看来他说的一点都没错，我们之间的天平一直是倾斜的。所谓偷情，一定是建立在双方都有生活的基础上，而现在，他有家庭，我却只有他。

所以，我做不到洒脱，剑潇也因此嘲笑我的文字，一个连生活都没有的人，还想成为作家，干脆是坐家算了。

他不知道，我根本不是什么作家，我只是一个从小被母亲培养出来诱惑男人的小贱人而已。写字只是为了骗取更多男人的殷勤，我需要欲望，需要让自己锻炼成一个百毒不侵的情人之王。

“姐，你在想什么呢？我不说她了，其实她就是风骚一点，没有姐你漂亮。”

“闭嘴。”

我凝神看去，她居然已经冲上舞台，跃到了音箱上做群魔乱舞的姿态，全然没有做作，有的只是宣泄的激情，带动了整个场子的气氛，而我，骨子里竟然也跃跃欲试，像一把蘸了汽油的火把在我的身体里燃烧，与我脉络里的酒精混合之后，更是疯狂蔓延。

我回头看剑潇，没找到他的身影，却在环顾四周时，发现了几乎全场人的目光都聚集在这个女人的身上，每个人的眼里似乎都有一些东西，我再一次被这些地下乐队的冲击所震撼，当然，也被这个女人放肆的扭动而鼓掌。

有个男人冲着我使眼色："知道什么叫女人吗？这才是！"

我不屑，风骚。

"这叫够劲。"

为此我曾经纳闷了很长一段时间，到底男人需要的是乖巧的顺从，还是不羁的张扬，我询问一个学心理几年的朋友，她笑了半天也没说话。

在我坚持的逼问下，她只说了三句话：第一，因人而异；第二，因事而异；第三，因地而异。

我的智商不低，可是情商确实让人头疼，这个问题在面对着床前的大镜子发呆了三个小时后，决定放弃。时过境迁，仍然会因为一个莫名其妙的问题再回头考虑，然后假设很多种过程，虚拟一个结果。

我想大约是因为我从小被蓝竹妡灌输的理念里根本没有情这一说，所以我从来不会显示弱智的原因是因为我从来就没有爱上过谁，我一直把男女关系当成一个工作去对待，而对于沈剑潇，我却是动了情，所以我注定犯傻。

比如，我会说，很久很久以前，我遇到了一个女人，这个女人妩媚的让你看见她就想掐她一把，然后我又会为这个到底掐了后能不能见水的问题卡塞。接着我又回过头迷茫，到底很久是多久？

女人的头发确实决定了自己的见识，这一点在当沈剑潇慢慢以勇士的姿态在我的床上前行时，我突然想到了百分百的原因。

那个戴墨镜的女人就是桑小楼，只不过那个时候她的妆容很是浓艳，所以以后我们遇到时谁也没注意过，要不是她自己后来和我讲述，我想我这一辈子都不会知道。

桑小楼爱上了一诺，可是一诺不爱她，这些也没有什么，她可以去感动他，去努力。

可是石季守的心真的很残忍，他连苏亦薇的主意也打上了。

他一方面不停地在蓝竹妡面前提起苏亦薇的美和幸福，一方面让一诺去追苏亦薇，他警告桑小楼，不可以爱上一诺。

是的，他给了桑小楼生活的权利，桑小楼认定了他是自己的再生父母，一切全听他的，在她心里，恩情是大于爱情的。

桑小楼其实是一个无辜又善良的孩子。

苏夏是最清楚这一切真相的人，她可以让任何人受伤，但是她绝对不可以让自己的女儿受伤。她也找到了桑小楼，她告诉了她，石一诺和苏亦薇才是真正的兄妹。

故事基本到了这里就算是结束了，所有的秘密都结束了。

没有结束的是，我从此以后每天奔波于众多不同的场所中探望着每一个曾经和我有过故事的人。

失踪的小齐，监狱里的那平，失忆的亦薇，昏睡的一诺，痴呆的石季守，精神病院里的蓝竹妡，墓地的沈剑潇，还有那些曾经出现过的，没出现过的一些人。

我觉得自己像是一部电影里的女主人公，多么富有传奇色彩的一个女人啊。我找到了一个导演，我说：“让我去演戏吧。”

他的目光在我的身上滴溜溜地转了几个圈后，说：“石湛蓝是吧，名字不错，那就先潜规则一下。”

我没有摔门而出，因为我很想知道在我没有了爱以后是不是还能有欲，所以我上了他的床。

我进了那个所谓的圈子，可是我除了每天的完成潜规则的任务之外，没有接触过任何传奇的故事。在演艺圈里的日子，像一束鲜活的爱情之花在我的生命中莫名地化作一抹冷艳的杀机，优雅而锋利地刺痛我关于生命历程的每一个意象。一切如同青春，不经意地走来，又绝情地消失。仿佛从头到尾都只是一个冷水浸泡过的梦境。

我曾试图翻出些我所经历的演艺圈回忆来纪念这一切的开端，但在那么长久的光阴里，又确实找不出哪一段是最刻骨铭心的，犹如一个人为了回避冰冷季节里防不胜防的湿气，站在窗边俯看灰白的城市被冲刷得瑟缩起来而神色难辨。有些过于细碎的片段在头脑中始终无法成串，迷宫般的占据着我头脑的每一个出口。

于是我选择了用一种新的文本记述这样的一种方式去佐证这些关于演艺圈的神经质的情节，那就是日记体的记录，零散的片段，像一片秋天的叶子模仿蒲公英的流浪。

演艺圈，在如今它已不再是一个名词，而是这个社会一个特殊群体的共同体验。

有人认为演艺圈很复杂，有人认为演艺圈很简单，这本是一个仁者见仁，智者见智之事，只是它们却在不经意的歪曲引领这个社会的文化价值取向与时尚潮流。另由于这个社会本身就是一个低俗而愚昧的社会，因此演艺圈成了绝大多数人眼中的一颗耀眼明珠、一杯香美啤酒，甚至是通向高贵生活的阶梯。因为绝大多数人看到的只是他们亮丽而光鲜的舞台生活，一种看似和谐的完美，其背后隐藏着多少污垢与肮脏又有多少人知晓呢？

它们带着虚幻与真实的荣耀，陋显关于现代人在物质飞速发

展里的生存危机，命题着荒诞与物质压抑。当商业操控决定一切的时候，好像那些真正的对于演艺圈的真实评论离我们越来越远，似乎一切都可以变得似是而非，弄假成真。

尽管对于演艺圈的评论从来不曾停止，但究竟我们需要什么样的评论或是表达呢?

我或许可以以我真实存在的感受与经历给你一个方向。率真，犀利，自由，一种青春无忌的异类感觉。

因为我知道一部真正有意义的文本，它必须是一种更加遥远的概念，一种无法用经验世界表达的存在。

有一天，我说了，我累了。

导演说："其实你算是个尤物，不然我包养你吧，你也看到，演戏没什么好的，一个女人混的再好也不过是男人的玩物。"

我给那个导演说，其实我是希望我爱上他，那怕只是身体上的，可是我最后发现我们两个永远是一个规则游戏程序。

·8·

我找了一份正当的工作，在一个杂志社做文字编辑，偶尔我会写东西。

我习惯于在最激烈的时候书写自己的心情，通常我就脱光衣服，附在地板上，冰凉的水泥地板在我偶尔的蠕动下碰撞我的乳头，让我有片刻的欲望。

我住在吉祥村的一个民房，隔壁包括整个楼上全是出租出去的，每天24小时几乎是不间断地能听到女人淫荡的叫声和男人粗重的喘息。

吉祥村是个适宜民工寻求发泄，满足生理的场所，既使不算是红灯区，也差不多为一个鸡窝根据地。之所以选择这里住下来，第一是因为在这样的环境下也能满足我偷窥的心理，另者看着那些发育还没全的小女孩做出一副风情万种的作呕样子，能满足我的虚荣心。

从街道上走过，时不时会有人和我搭讪，我立即摆出不屑的样子，扬下手里的书，看好了，我可是文化人，才不是那些做皮肉生意的女人。

基本上那些男人会撇嘴而去，或者道声对不起，殷勤或者阿谀望着我扬长而过。我的虚荣心在这里一点一点膨胀，晚上的时候，我就一边对着穿衣镜扭动身体，一边风花雪月地编些爱情故事，给一些时尚期刊写稿子挣稿费养活自己。

某天晚上，我竟然在网上遇到了吴鸣，他的出现让我想起了我的太多放纵，我想，发生了这么多事情，我应该有所收敛了。

可是吴鸣一句话就击破了我的防线，他说："石湛蓝，你太寂寞了。"

"那你来陪我啊。"在网上，我是毫无顾忌的。

"男人都是一样的，有什么的，而且男人还会给你带来伤害，其实你一个人就可以让自己不寂寞。"

"哈哈，自慰吗？"我觉得吴鸣很好玩，我也清楚，他在诱惑我。有什么关系呢？反正早就上过床的男人了，所以尽管如此，我仍上了他的贼船，这样我就有很多借口说是他用自己的思想控制了我，促使我进入了邪恶的大门。

其实每个人的心里都有一扇邪恶的大门，钥匙就在自己手里，当我们想打开的时候，却总是会找一些替死鬼，把钥匙送给他，然后让他打开，以后自己再随便出入也有堂皇的理由了。

这就是人。

于是，每个夜里，当隔壁的房间传出一些梭梭的声时，我便会拨响吴鸣的电话，听他的声音在我身体里抖动，达到快乐的高潮。

“吴鸣，你在干吗？”

“我在做爱啊。”

“你又骗我，做爱怎么和我电话啊。”

“我一只手做，一只手和你讲电话，你要不也试下。”

“你真是个流氓啊，人家不会啦。”

一般这个时候我的手已经开始在身体上来回摩擦，很幸运的有隔壁此起彼伏的呻吟声给我伴乐，还是一件很不错的事情。

而吴鸣就一点点的用声音引导着我前行，自己与自己展开一场无声的战争，等到我高潮褪去时，我会想起刚才我的失态，不过我会很快地装作很无辜地说：“哈哈，吴鸣，你又上当了，我挂着耳机和你说话，我在逛论坛呢。”

后来，吴鸣在一次一次纠缠我的时候，总是会在一些公众场合的时候对我挤眉弄眼地说：“现在的男女最流行的是“话爱”，你们知道是什么吗？”

那个时候我才知道自己犯了一个多么大的错误，原来蓝竹妡所有的话真的是预言，我不但是只能做别人的小情人，而且是一个很没尊严的情人。

我更是一个贱人。

J：谁的高跟鞋在哭？

你的爱变成了一种经历，甘美如饴，却惨痛无比。渐渐沉淀为一级台阶……你站在台阶上重新恢复了高度。

· 1 ·

那个有灿烂阳光的午后我站在院落里读我用心写出来的小说，四月的天空下我泪水如倾。一个个字像精灵一般在我眼前跳跃，带着思念和温暖，生动且活泼着，眼睛有些酸酸的感觉，泪水被触动般的在泪腺中蜿蜒曲折而出，于是湿润。

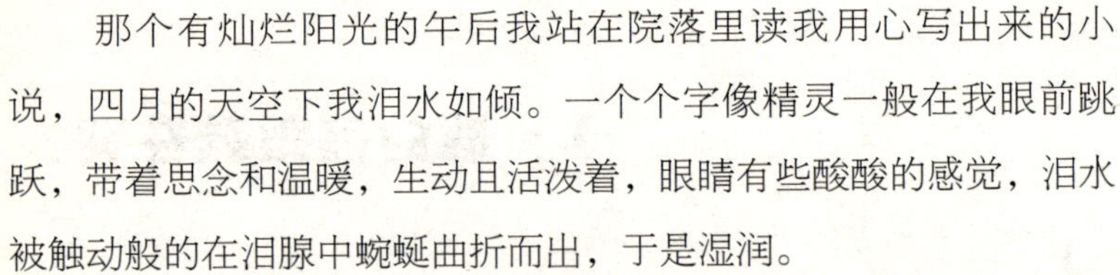

一个女人为什么会沦落为情人，一个情人为什么会自称为贱人，一个贱人是怎么被拯救的，大约这个时候才得出结论。

贱是本性，无意识的，而贱行却是后天影响，有意识的。如果不是布衣的出现，我想这个回忆录我是无法进行下去的。

小说进行到一半的时候，我在精神病院再一次被蓝竹妡刺激，她说：“你改不了的，你真的改不了的，你永远都是男人的玩物，你这个贱人，你这个出卖身体出卖良心的贱人。”

我辞了工作，一路狂奔到北京，我真的不想在西安回忆那些往事。让那些往事每天咀嚼着我的肌肤，我的肉体，让那些往事像蛇一样在我的身体里来回流窜，信子在我的两腿之间游移，让我欲罢不能。

在北京的第三天，我在西单遇到了布衣，以前沈剑潇酒吧的一个乐手。

孤独的日子，布衣常常约我去喝茶，在“绿水吧”。是夜晚，背景音乐是林忆莲的《铿锵玫瑰》，“像旷野的玫瑰用脆弱的花蕊想迎接那旱季的雨水所以温暖却暧昧所以似是而非。”

布衣说，也许玫瑰永远都是娇贵的，他知道自己只是一介布衣，但是他会等，等到玫瑰愿意在风雨中磨练的时候，他去呵护它。

我知道他的意思。

我说：“布衣，找朵清香的蔷薇，或许更适合你。有的玫瑰是被千人采万人摘过的，早已经失去了玫瑰的娇贵，那只是一朵没有刺的野生月季。”

布衣却只是安静，安静的让我心里发慌。

· 2 ·

夜终于黑了，在闪烁的霓虹下，我无法再去执著，我看不到我身着华丽的绸缎时发出的光芒，相反的，我感到窒息。

我的沈剑潇，我的石骅阗，我的那些男人们，永远是追逐年轻女子的，而他们也是年轻女子所追逐的，我这朵玫瑰，早已枯萎的不成颜色。

我去纹身，血淋淋地一朵玫瑰，狰狞夸张丑陋地盛开在我的右手虎口处。

我让布衣看我手上用血染红的玫瑰，我说：“布衣，从此玫瑰只是枯萎。”

他安静地拿着我的手，轻轻地放到那盆清水里，他说：“你看。”

我看到手上的玫瑰在水里依然那么娇艳，我苦笑：“即使妩

媚，终究憔悴。”

布衣安静地看着我，然后我离去。

他说：“湛蓝，爱情不是一场白天和黑夜的火炬接力，只要不是白天跑的太急，黑夜接的太慢，火炬在日出前不一定会熄灭。”

我没有给他答案，我把自己关在屋子里疯狂地折叠纸鹤。

有人给我的电子邮箱发来一封信：“折一只白色的小船吧，可以承载着希望，有爱情、亲情、友情……”

我不以为然，我回复：“让白色的小船起航，它能在汹涌的大海上迎风破浪吗？”

“能，当然能！因为它承载着的是希望，能让人看到曙光的希望。你只要亲手制作自己的希望，把它放在你亲手做的白色的小船上，早晨的太阳能带着你希望的帆船，搏击风浪，一路前行。”

我没有再回复，只是心里开始祈祷，也许吧，希望每个早晨都能晴空万里，温暖如春。

· 3 ·

我开始继续我的回忆录，进行当中，我发现了太多的故事其实一切都是我自己折腾出来的，而我更发现了，我做了蓝竹妡一辈子的傀儡。我觉得我无法面对这些真相，我惶恐，我突然很想有个肩膀。

我给布衣打电话，我说：“布衣，我想见到你。我快要死了。布衣，原来剑潇真的不会爱我，他真的不爱我。他爱的只是蓝竹妡，我其实是一个替身，不是吗？”

布衣赶到时，我窝在自己小小的房间，蜷缩在地上，瑟瑟地望着他，有些无助。

他问我：“发生了什么事。”

我只是哭，一句话也说不出来了。当所有的爱情泡泡都被击碎，太多的语言就成了奢侈。我的生活像旋转的没有规律的陀螺，常常停止呼吸。布衣经常过来陪我，和我说话。

偶尔我会像只流浪狗一样卧在地板上，看布衣：“为什么一直不找个女朋友。”

布衣不回答我的问题，也不看我，他总是在厨房里忙碌着，为我做喜欢的饭菜，为我熬鲜美的蘑菇汤。而他的手指那么白皙，一双只在音乐键盘上活动的手，此刻却因为我在油烟中忙碌。

突然他说：“我爱上的女孩不爱我。”

我穿着大大的体恤，走进房间。

布衣在厨房忙碌的时候，我窝在沙发上看王家卫的精彩回放，看张曼玉那么精致的旗袍，我喊：“布衣，我说我看不懂这么美丽的爱情，我只喜欢那些合着背景的漂亮衣服。”

布衣笑着说：“那你就看那些你喜欢的衣服，不去想那种爱情。”他不知道，我在骗他，即使王家卫那么虚假地说，那个期限是一万年。我仍然喜欢那俗套的台词，因为我始终认为自己是一朵玫瑰，没有绚丽的爱情我是无法生存的。

布衣几乎每天都来，给我烧好吃的饭菜，为我唱美丽的爱情歌曲，我像个玻璃娃娃在他面前越来越透明。

有一天，很晚了，我说："不回去了吧。"

他犹豫的看了我一下，点头，抱了毛毯在客厅的沙发上。

半夜的时候我听见他轻轻的脚步声，听见他走到我身边，发出浊重的呼吸。他的手触到我的脸，我的心砰砰地跳。我告诉自己，如果布衣吻我，就睁开眼接受他。然后我闭着眼睛感觉到他为我拉上掉在地上的被子，但最后我听到他轻声的叹气。

"布衣，为什么你和所有的男人不一样呢？难道真的是我错过了你。"

"可是，布衣，我真的好累，你知道吗？我宁可相信剑潇是我的父亲，是我乱伦了，我也接受不了他不爱我的事实。"

"布衣，我想，我需要去陪蓝竹妡，她真的是我的母亲。"

"我们有着一个共同的理想，就是做一个伟大的情人。"

"哦，亲爱的，布衣，如果可以的话，请你帮我记录下来这所有的东西，因为我的记忆已经无法恢复，我的大脑在慢慢停止运行，我的眼睛开始看不见东西。"

"我想我活着最大的遗憾就是，关于情人，我始终没有参透它的奥秘所在。"

· 4 ·

这是2007年的春天，我的眼睛蒙着一层纱布躺在一张床上，我想我的周围一定是很纯洁的白色。

对，一定是的，因为我是如此纯洁的女人。我失明了，我刺瞎了自己的眼睛，我不要看到我的回忆录，我宁愿一辈子面对黑暗，在臆想中获得快感。

我做了处女膜修补，一个做过人流的女人做了处女膜修补，这是一个我之前从来没想过的荒唐事情，可是我做了。

因为我要做一个纯洁的女人，这样我才不会辜负蓝竹妡对我的期待，情人骨头贱，身体却不贱，情人的尊严就是可为你舔足，却不和你上床。

蓝竹妡说，石湛蓝，你葬送了自己的身体，也葬送了我多年来对你的培育，我只是让你出卖灵魂，我没让你出卖身体啊。

哦，原来如此，那么开始吧，我们谈点纯洁的话题，来结束这个故事。

“湛蓝，你累了，快点休息，一个人在自言自语什么呢？”是布衣的声音，我就知道，他一定会出现在我需要他的时候。

“布衣，我想给你做一个采访，好吗？谈谈你们的乐队，就是剑潇在的时候你们的乐队？”

“湛蓝，你快点休息，好吗？不要再去想他了，好吗？”

“布衣，你们为什么会喜欢死亡金属。”

“哦，我知道的，其实你不回答我也知道，以前剑潇和我说过，所谓的死亡金属在国外都是一些社会最底层人士在做，因为所处的恶劣社会境遇，使他们崇尚血腥和暴力。但具体到‘拆了’，乐队成员只是喜欢这种节奏和速度很快的音乐风格，环境和文化的不同，注定了他们只是利用这种音乐形式。“

“布衣，剑潇并不适合的，对吧。唉，我也不知道，其实适合与不适合只有自己最清楚。”

擦肩而过是一种美丽，因为有期待，有憧憬在里面。

我来了，她走了，我走了，他来了。

故事展开后的不停错过却是疼痛，因为有遗憾，有想法。

很多时候，人与人的故事就是这样展开的，而我与这几个男人的故事也是如此展开的。

“布衣，我突然很想念我的家人，我好久都没有提起过他们，可是我怎么不知道我的家人都有谁呢？”

“布衣，你帮我纪录下来吧。”

“医生，你说什么？让我不要再乱叫你的名字了，哦，你不叫布衣。那请问您贵姓。”

“啊，你叫贱人哦，谢谢你。”

“请问这里是什么地方？”

“哦，精神病院？”

“我为什么在这里？”

病例：石湛蓝，女，27岁，患有臆想症。以为自己是一名作家，常常幻想自己被一名叫蓝竹妡的女子陷害，被一名叫布衣的男子暗恋，伴有轻微自虐行为。

后记

这本书，与你无关，但却是写给你的。

只为了告诉你，曾经那么深爱你的我，究竟是一个什么样的女子。

靠近我，也许我会告诉你我的想法，我为什么要揭开这个伤口，一点一点给你看。

很多人问我，你是湛蓝吗？

我说，是。

他们又问，你真名就是吗？

我开始保持沉默，如果可以的话，我真的希望自己是湛蓝，我也是苏亦薇，我也是蓝竹妡，我也是苏夏，我甚至连桑小楼都是。

我想忽略这是一个伤，我希望这将是一个有情有义的情人的故事，然而，情人是一个多么敏感的词语，太多的人告诉我，情人无非就是一个贱人。于是我用了大篇幅的字去强调贱人这个概念。

从一开始，我就脆弱地披着坚强的外衣华丽而优雅地站在没有人的世界里，分裂，揪心的分裂。有人诋毁我，说我笔下的女人都太卑微了，太贱了。可是爱情中，难道不是真的如此吗？真爱的那个人姿态能很强势吗？何况贱需要多大的隐忍，不是每个嘴上说爱的人都能做到真正的贱。

贱是宽容，贱是放生，贱是伟大的真爱。

我对一个女孩说，我不行了，我写到想吐了，我写不下去了，我怎么办？她不知道我在说什么，因为她体会不到我当时的那种疯狂，因为我已经丢了自己，我再一次不知道我是谁。

这一次，再次这样，我把自己扔在局外，却又亲身去演绎故事。

我从来都不是一个编故事的高手，我从来只会一个人在那里神经质地呓语.

一个女孩说，姐姐，我快要看你的文字看的发疯了，明明没有什么可以让人哭的情节，可是我就是觉得想哭，你营造的那种氛围会把我压抑死的，我的泪水是在没有预料的时候流出来的。

我不语，因为我也在一边哭一边写字，我就像蓝竹妡一样发疯地咒骂：你们这群贱人，你们谋杀了我的爱情。

写这个小说的时候我颠沛流离地经历了五个城市：武汉，西安，北京，成都，广州。而我也把自己分离开了，身，心，思想，感情，语言，故事。我在小说里变成了五个人，每个故事都是假的，可是每个场景却都是我真正感受过的，我让自己变成一个精神分裂者，让自己沉浸在我虚构的情节里呓语，然后我把情节抛弃，只将感受展开，我在设置一个圈套，我告诉女孩：我说可怕的不是激烈的情节，可怕的是氛围，可怕的是人的想象力，因为一段呓语，每个人去体会都会有不同的画面，让他自己根据文字去演绎自己的画面吧，他会真正崩溃，真正死亡。

女孩说：果果姐，你疯了，你真的疯了，你怎么能这样？

我笑，用最最苍白最最凄凉的笑，我说：如果不让他自己去感受，他是不会知道当事人的疼痛，他才不会用旁观者的姿态乱点评事实，这个世界上自以为是的人太多了，那不如给他们一些经历，让他们也疼痛下。

这个小说大约是我写的最艰难的一个小说了，从2005年的时候我就开始构思，动笔，可是越写越累，后来我放下笔，开始从头看起。

蓝竹妡说，她要经历三个男人，她就能真正成仙，后来她疯了，我不知道是她的预言准确，还是我的思维有问题。

疯也是一种超度，一种解脱，如果爱的像蓝竹妡那样痛苦，隐忍，疯狂，无助，不如疯了。疯的时候没有理智，却也不再感性，所以我宁可她疯了，因为她从头到尾都没有错，错的只是她的思维，她想的太多，错在她自卑的爱，她以为对方不爱他，自以为是地离开，错在她强烈的爱，她以为报复是对他的折磨，却折磨了自己和爱她的人。

当我是蓝竹妡时，我对自己最大的宿命是我疯了吧。

我是蓝竹妡的时候，我爱着一个男人，买醉，死亡，对于我来说都是微不足道的事情。只是，我是蓝竹妡的时候，我时常又会幻化成那个虚伪小资的我，于是我成了苏夏，我可以容忍自己的好朋友是自己丈夫的女人，我也可以承受十几年过着有名无实的单身婚姻生活，我甚至可以看到自己的女儿被人蹂躏而无可奈何地转身。

我就是那个衣着华丽的苏夏，永远保持高贵女人的姿态，永远不会说厚颜无耻的话，永远不会承认自己失败，永远可以接受他的任何所作所为，永远不轻易表露自己的真实想法。所以我注定落寞。

石湛蓝应该算最现实的一个人了，现实不是因为现实中有这个人，而是当初我疯狂地喜欢着这样一个名字，没有缘由。

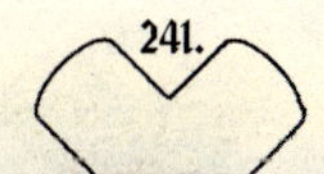

一个人的出生就注定了很多无法逆转的命运和责任，她是悲哀的，可是她又是幸运的，因为她遇到了她爱的人和爱她的人，这是多少人梦寐以求的事情，我极力想把她创造成一个完美的可怜者，可是她太过完美的拥有却让我有些怨恨，即使我那么疯狂地希望自己以后会有这样一个听话美丽的女儿，即使她顽强地像颗烧不死的业草，即使她带了我的脆弱传了我的花痴，我依然无法容忍这个世界上有比我强悍的女子。

所以我又以蓝竹妡的意识活在石湛蓝的身体里，控制着她又放任着她。

让你去爱，也让你无法自由爱，让你去恨，也让你不能尽致恨，让你生存，却只给你绝望的力量。

我是湛蓝的时候，我活在每个人的掌心，又挣扎在自己的招数里，我是别人的棋子，别人是我的棋盘，生活是一场无常的舞台戏，而我落入其中无法自拔。

最终，我能做的就是蜷缩起来冷眼旁观，看我傀儡一样的身体在听凭每个人的支配，我失去了自己，盲目地救赎着每个人与自己，也盲目地伤害着每个人与自己。

只是，有的忧郁安静是藏在骨子里的，懵懂，很多时候我情愿自己懵懂，于是我将内心那个经常幽怨，经常无辜的女子幻化成了苏亦薇。

她是无辜的，可是她也是无奈的，她的懵懂导致了她对每个人的宽容，她内心里也有过激烈的斗争，最终她选择的是自残。她脆弱的像个花瓶，一碰就碎，让每个人都想呵护她，可是也让每个人都痛恨她的善良。

每个人都是善良的，可是当善良成了一种连自己都无法逃脱的保护层时，也会间接成了封锁自己伤害自己的隔膜，苏亦薇因为善良而被伤害。

善良的泛滥，她纵容，甚至将自己的幸福亲手送人，如果她坚持，结果定然不是那样，可是她永远站在别人的角度，她近乎病态的善良，将自己推向绝路。

如此脆弱的女子，到了最后我不知道该让她怎么办，自杀未遂，我想，我是不是该这样办。因为我会，可是我不想让她就这么离开，于是我让她看着，听着，想着，却不再发言，她选择沉默，永远的沉默。

谁也不能逼一个没有记忆的人去回想太多，也不能去责怪她的懵懂了，对的，这样最好。

于是，我原谅了自己经常抹杀一些记忆，因为这个时候我是苏亦薇。

小说写到一半的时候，我迷失了我珍惜的绝望，曾经我疯狂地说，我要以绝望的姿态去迎接一种希望，那么我得到的是永无止境的绝望，或者是崩溃。因为我叙述的就是一种绝望，如果我自己找不到这样的状态，还谈什么用绝望的姿势来拯救希望。

那段日子里，我遭遇了那么多的欺骗，背叛，羞辱，甚至是陷害。我哭泣，也微笑，却愤怒不起来，我总是在尝试理解，原谅，包容。

我开始无所事事，发呆，每日里寂寞，孤独，烦躁，偶尔想念一些莫名其妙的事物，可是始终总认为一切都会有转机。

可是事情糟糕得一塌糊涂，我陷入在无法自拔的圈套里，这一次圈套是上天给我的，我顿时背负了太多太多我不能承受的压力，我知道，就算沉默我也要学会在沉默之前最后一次咆哮。

如果贱，就让我贱到骨头里，不要让我还有一丝丝的羞耻心。

写完小说的时候是凌晨3点，我终于吐了一口气，终于完工了。然后我给我的好朋友电话，我告诉她，我终于完成了这个不算最好，但是是我最喜欢的小说。是啊，我在形容写这个小说的时候，总是告诉别人，我写的咬牙切齿，不管是纯粹的心理描写，还是意识流的跳跃描写，或者是无状态的氛围描写，都让我写的惊心动魄，一步一步都走的战战兢兢。

到了最后我索性用了直描，我不想再去罗嗦地说你说我说她说，对话，全部都是对话，就像两个人面无表情地念台词一样。

如果说让我写那些我不喜欢的文字我会被折磨得抓狂，那么写这个我所喜欢的小说我已经发疯了，而且我必须让自己疯掉，不然我无法体会小说里人物的疯癫状态。是的，我总是在幻想自己写到吐血，很遗憾的是，我终究是没有时间完成我的吐血姿势，因为一直到小说写完，我仍然没有到达我最满意的状态。

大约是我的能力有限，并不能把我太多的想法写出来。小说最后，我仍然想说一句：贱人，并不是每个人都能到达的高度，有的人可能一生也不能理解这个位置上所需要的隐忍以及能量，而有的人天生就是具有天赋做一个人见人爱的贱人。贱人没有姿态，但是贱人有尊严；贱人没有目的，但是贱人有追求；贱人并不高尚，但是贱人真的很坚韧。

我不知道你们所理解的贱人是一个什么样的女人，我笔下的贱人就是一个很纯粹的为了爱不顾一切的女人。

我不知道这本书会带给我的读者一个什么概念，我只知道我在写这本书的时候，我的心在滴血，为自己，为那些总在为错误找借口的人们，为那些为了达到目的不惜一切伤害别人的人们，为那些脆弱的总用善良去惩罚自己的人们。

在我完成这个小说的前十个小时，我一直在考虑一个问题：到底是善良卑贱还是卑贱善良。可惜，直到最后我也没得出结论。我唯一能知道的就是，即使一个人在所有人眼里都是贱人，只要她心中有爱，她仍然是一个伟大的贱人。

写的很艰难，长达几年，并非是因为写的有多好，而是一直不愿意去触碰真实的自己。8月18日对我来说，是一个重生日，为了那个让我重生的人，我首次面对了真实的自己。

每次写完小说的时候我总是会按照惯例去感谢很多人，这一次，我只是想感谢我，感谢我给了自己这样一个机会一个勇气，让我能完整的记录下这个故事，尽管是一个很不圆满的故事。

本书原名《小情人》

可以吗?

你说呢?

夏果果于北京